Die sieben Epochen der Poesie

Kaleidoskop der Träume

Autor Falk Peter Scholz

... weitere Veröffentlichungen im Verlag art of arts des Autors Falk Peter Scholz: Beiträge in den Anthologien „art of crime“, „art of xmas“, „ourStory2“ sowie sein erstes Buch „Hommage ... Erinnerungen an Frankreich“. Von allen Büchern des Verlages gibt es parallel dazu erschienene eBooks. Bücher und eBooks können auch direkt beim Autor erworben werden. Auf der Autorenpage: www.hommage.webnode.com finden Sie auch einen direkten Draht zu ihm. Vielen Dank für Ihr Interesse und Ihren Buchkauf.

Die sieben Epochen der Poesie

Kaleidoskop der Träume

Die Welt der Lyrik und Poesie
des Autors

Falk Peter Scholz

im Internet unter:
www.hommage.webnode.com

Verlag art of arts www.artofarts.de

 Bibliografische Informationen der Deutschen Bibliothek. Die Deutsche Bibliothek verzeichnet diese Publikation in der Deutschen Nationalbibliografie – detaillierte bibliografische Daten im Internet über http://dnb.ddb.de abrufbar.

Original-Erstausgabe 2010

ISBN 3-940119-37-7
ISBN 978-3-940119-37-7

Herausgebender Verlag: art of arts
Inh. Frederic Bartl, Forchheim
ehrenamtliche Geschäftsführung:
Silvia J.B. Bartl

Satz, Layout, Gestaltung,
Cover Design:
art of formation - Silvia J.B. Bartl

Autor: Falk Peter Scholz

Druck und Bindung
Winterwork - Leipzig – Grimma

- Printed & created in Germany -

Inhaltsverzeichnis

Die sieben Epochen der Poesie

ab Seite 73 Grüne Epoche – Hoffnung / Glück

Vorwort des Autors

Ein Gedicht enthält eine Art Melodie, eine Schwingung, die sich nur im Herzen ausbreitet und uns berührt. Gedichte sind geschriebene Worte, die zugleich Bilder sind und Lesende in fremde Welten entführen. In unbekannte Welten voller Glanz und Zuversicht.

Zum Inhalt

Die nun folgenden Gedichte sind Gedichte, die nicht alltäglich sind. Es sind Gedichte, die sich innerhalb einer Epoche bewegen, die sich durch eine Farbe definiert. Es sind die Epochen des Wandels, der Hoffnung, der Glückseligkeit und des Traumes, aber auch der Fiction und der Trauer.

Alle diese Gedichte sollen Erwecken, Berauschen, doch ebenso Besinnen und Verführen. Denn dies ist meine Welt der Poesie und Lyrik.

Die sieben Epochen der Poesie
Kaleidoskop der Träume

„... und sieh! ... und sieh!
an weißer Wand,
da kam's hervor wie Menschenhand.

Und schrieb und schrieb
an weißer Wand
Buchstaben von Feuer
und schrieb und schwand ...

Belsazar ward aber
in selbiger Nacht
von seinen Knechten umgebracht"

Heinrich Heine: Belsazar (Gesprochen, Heinz Ziehm)

Rote Epoche
Liebe
Rote Epoche

Der Schutzengel

(Zarte Flügel aus Vertrauen)

Auch wenn ich nicht mehr weile,
in einer Welt der Farben.
So ging ich nicht in Eile,
als Glück und Hoffnung starben.

Werd nicht von Deiner Seite weichen,
immer bei Dir sein,
Sehnsucht wird Vollkommenheit erreichen,
bei Nacht im Mondenschein.

Um zu beschützen diese Kraft,
die uns die Liebe einst verlieh,
ein Herzensritter Dich bewacht,
sein Schutz verlässt Dich nie.

Und sei es auch das kleinste Licht,
was ich Dir nun entsende,
die Liebe hat doch mehr Gewicht,
zum Schutz reich ich die Hände.

Richte nun den Blick hinauf,
hin zu himmlischen Weiten,
Engel Dir zum Schutze,
wird ewig Dich begleiten

LDF

Vaters Hände

(Verbundenheit)

Es sind Vaters Hände, die mir fehlen,
Stunden ohne sie mich furchtbar quälen.

Vaters Hände, die mich wiegen,
so die Einsamkeit besiegen.
Hände, die mich immer sanft behüten,
wenn Angst und Zweifel in mir wüten.

Das Erste, was auf Erden ich sanft spürte,
war Vaters Hand, die mich berührte.

Die zärtlich er mir auferlegte,
bei Krankheit diese Hand mich pflegte,
mir täglich treu zum Schutze bot,
bei jeder Art der blanken Not.

Die Kraft von Vaters starken Händen,
alles Unglück wird zum Guten wenden.

So wie im Buch der gütig Wesen,
kann ich in seinen Händen lesen.

In ihnen leben all die Zeiten,
die mich ein Leben lang begleiten.

LDF

So lege ich an diesem Tage,
seine Hände in die meinen,
aus Liebe wahrlich keine Frage,
um Sohn und Vater zu vereinen.

Hände sich zusammenschließen,
um Vaters Liebe zu genießen.

Vater, Sohn in Einigkeit,
sind nun vereint in Ewigkeit!

– für Papa

Die einsame Rose

Ich sah eine Rose, sie blühte so schön,
so glaubt' ich, ihr Glanz würde nie vergehen.

Königlich erhebt sie sich,
in ihrer Form gebieterisch.

Traumhaft schön, wie eh und je,
lacht sie mich an, wenn ich sie seh'.

Die Rose, sie ist wohl die schönste von allen,
ein jeder hat an ihr gefallen.

Bestückt mit einem Dornenkleid,
das ihr noch mehr Kraft verleiht,
ist zur Abwehr sie bereit.

Sie wehrt sich mit Mühe, solange es geht,
dann wird sie gepflückt, es ist zu spät.

Doch ihr Stolz ist ungebrochen,
so blüht sie noch lang,
zieht uns weiter in ihren Bann.

Die Rose, sie starb, ihr Glanz ging vorbei,
das Band ihrer Schönheit, es riss entzwei.

LDF

Kein Mensch hat sie jemals wiedergesehen,
die Stunden schwinden, die Jahre vergehen.

Viele Jahrzehnte gingen ins Land,
bis man die Rose wiederfand.

Ich hab sie an ihrer Schönheit erkannt
und dennoch,
– einsame Rose – genannt.

Eine Nacht mit Dir

Die samtweichen Berührungen einer romantischen Nacht,
eingehüllt vom sinnlichen Parfum Deiner erfüllenden Liebe.
So erlebe ich die Stunden voller Zweisamkeit,
im Kerzenlicht schimmert Dein Gesicht ganz sanft.

Zarte Konturen, die ich sehnsuchtsvoll begehre,
mit Liebkosungen Du mich verwöhnst, Lippen weich wie Samt.
Bei Dir ist das Zuhause der Geborgenheit,
Schutze bietend einem kindlichen Gemüt.

Durch Herzenswärme wohlig warm,
mein frierender Körper eingehüllt im Schutzwall
weicher Kissen.
In leidenschaftlichen Umarmungen verbringen wir die Nacht,
im Reigen sinnlich heißer Küsse.

Es ist die Nacht der Jugend,
die kehrt zu uns zurück.
Leben; schenk' mir noch mehr Zeit,
ich möcht' noch viele Stunden so erleben,
in Deinen Armen lieblich gefangen.

Die zarte Blume der Liebe erblüht in meinem Herzen,
jede Nacht zum ersten Mal; mit Dir.

LDF

Tango der Gefühle

Die Bande die unsere Liebe verbinden
man kann sie nur im Herzen finden

Dein Name er klingt so herzlich und warm
es ist als schlägt mein Herz Alarm
der Liebesbann hat mich gepackt
das Herz schlägt im 4/4 Takt

Es ist als wenn ein Damm zerbricht
und sich die Wasserflut vermischt
mit dem eisernen Gedanken
mich noch einmal zu bedanken

Für das Verständnis und die Pflege
die mich brachte auf dem Wege
auf dem Wege zu dir hin

Hab Dank
dass ich so glücklich bin

Wehmut

Was auf der Welt kann schöner sein
als Deine Liebe und ein Heim
all diese Dinge gibst Du mir
und ich danke Dir so sehr dafür

Du gibst mir Liebe und Geborgenheit
ich hab mit Dir die schönste Zeit

Du bist einfach wunderbar
die ganze Zeit die ich verharr'
seh' ich Dein Bild mir immer an
jeden Tag so oft ich kann

Und die Stunden die vergehen
wir werden uns bald wiedersehen

Dieses wunderbare Leben
kann es nur mit einem Menschen geben
ich liebe Dich in Freud und Leid
für die Liebe nie entzweit

LDF

Die heilenden Tränen des Lebens

(Glitzernd und doch so bewegend)

Es gibt viele Gründe, um zu weinen,
Gründe, die recht harmlos scheinen.

Gründe, die man nicht versteht,
weil es einem selber anders geht.

Weint man vor Freude oder Schmerz,
immer weint es mit, das Herz.

Dicke Tränen kullern schwer,
es ist das reinste Tränenmeer.

Ein Mensch, der weint, der weiß es schon,
weinen, das heißt: Emotion.

Wer weint, der gibt sich keine Blöße,
sondern zeigt uns "Wahre Größe".

Ich bin immer für Dich da

(Versprechen aus Liebe)

Ich fühle mich wie ein Überflieger,
mit Deiner Liebe bin ich ein Sieger.
Du bist alles, was ich habe,
das ist mein Glück und Deine Gabe.

Wie liebe ich Deine schönen Augen,
sie scheinen die Liebe aufzusaugen,
sowie Dein wunderschönes Lachen,
darüber soll kein anderer wachen.

Wir zwei wir sind wie bunte Blätter,
strahlend schön bei jedem Wetter.
Sind wir zwei verweht vom Wind,
zusammengeführt und liebend gesinnt.

Wir tanzen zusammen
im herbstlichen Wald,
Du gibst mir die Stärke;
ich geb Dir den Halt!

Der Tanz der Poesie

(Liebesvergleiche)

So wie eine Motte dem Lichte sich ergibt,
so folge ich der Spur der Liebe.
Wie Eisblumen, so unglaublich schön,
glitzern die Erinnerungen in meinem Herzen.

Das Kaminfeuer der Zweisamkeit,
flammt unaufhörlich tief in meiner Seele.
Der Kuss der untergehenden Sonne,
verliehen dem Horizont,
ja, diesen Kuss ersehne ich mir als Zärtlichkeit.

Hände des Verlangens betten sanft Dir nun Dein Haupt,
berühren Dich so zart wie einst der Harfe Seiten.
Liebesbekundungen fallen wie Wasserfälle,
fast lautlos in die Tiefe,
hallen wie Echos tausendfach zurück.

Tulpenfelder aus Treue geboren,
wachsen hin zur Sonne der Leidenschaft.
Gänzlich befreit im Geiste,
versiegele ich die Schriftrolle einer glücklichen Zeit,
mit dem Siegel meiner aufrichtigen Liebe

Besinnung – I

(Zieh' Stärke aus verbrauchten Tagen)

Einst habe ich im Dunkel der Nacht
die Stunden damit zugebracht
immer wieder hab' ich darüber nachgedacht
was wohl das Feuer der Liebe entfacht

Das Feuer das ewig brennt in uns allen
das unser Blut in den Adern lässt wallen
das Herz uns bald zum Stillstand bringt
solange das Lied der Liebe erklingt.

Das Feuer das uns die Sinne raubt
am Ende man es selber glaubt
dass dieses unser teures Leben
ausschließlich besteht
um Liebe zu geben

LDF

Besinnung – II

(Wiederkehr der innigen Gefühle)

Die Liebe ist nur ein Oberbegriff
die Bedeutung wählt jeder alleine für sich

Viele werden sich eingestehen
die wahre Liebe hab ich nie gesehen

Es ist nicht leicht sie zu erfahren
man muss das Innerste offenbaren

Sein eigenes Leben umgestalten
um diese Liebe zu erhalten

Doch wer nicht ist bereit dazu
dem verschließt die Liebe die Tür im Nu

Was ist denn Liebe?

Menschen sprechen gern von Liebe,
als Missbrauch für ihre Triebe.
Doch, was wirklich Liebe ist,
wissen doch die meisten nicht.

Liebe ist nicht nur ein Akt,
schnell gemacht und sehr kompakt.

Liebe, das ist Zärtlichkeit,
wahre Treue, Sinnlichkeit.

Liebe ist kein Kinderspiel,
sie ist ein echtes Lebensziel.

Man braucht Verständnis, muss verzeih'n,
und manchmal auch ein Vorbild sein.
Will man auf die Liebe bauen,
braucht es Gefühl und viel Vertrauen.

Der Liebe Zukunft liegt in unserer Hand,
sie ist sehr spannend, unbekannt.
Doch im Grunde ist sie doch,
nur ein großes schwarzes Loch!

LDF

Liebesgeläut

(Gegossene Romantik)

Im Glockenturm der Liebe
hallen wortlos Klänge wieder

Gefühle wandern schwingend
durch die gläsernen Mauern
uns wohl vertrauter Gemäuer

Verliebt bewandern wir
eine sinnliche Galerie
aus zärtlichen Empfindungen

Durchschreiten in völliger Einkehr
das frohlockende Foyer der Leidenschaft
betreten den Garten der Ekstase

Und nehmen Platz
auf der entspannenden Bank des Lebens

Die Macht des Augenblicks

(Sehnend geliebt)

Vergänglich scheint die Kraft der Sinne,
treue Augen ich erblicke.
Ertrinken möcht' ich jeden Tag,
in wilden Fluten sanfter Tränen.

Verzerrend nur nach Sinnlichkeit,
trifft mich der Blick der wahren Liebe.
Gerührt, so fühlt mein Herz,
hab' jemals ich mich mehr gesehnt,
nach der Begegnung zweier liebend Herzen.

Wilde ungestüme Sehnsucht,
Besatzung einer flehend' Seele.
Das Geschenk voll inniger Gefühle,
überreicht durch eine starke Liebe,
empfange ich voll Ungeduld.

In Vergänglichkeit erscheint mir jetzt
die Macht der Jahre,
wenn Sinnlichkeit mein Herz berührt.
So leg' mein Leben ich in Deine Hände,
schick Du mir nun die Liebe unseres Augenblicks.

LDF

Der Anfang von Allem

Wenn ich Dir dieses Gedicht zitier,
dann weißt Du, wie groß sie ist, meine Liebe zu Dir.
Ich liebe Dich heute und werde Dich immer lieben,
denn es ist, als wär ich weit abgetrieben
vom Meer der Sehnsucht und Verlangen,
dank Dir brauche ich nie mehr zu bangen.

Ich hab' Dich und Du hast mich,
und ich glaube, das spricht für sich.
Ich seh' Deine Augen, sie sind klar und weit,
schon schwimm ich in Glückseligkeit.
Es ist die Liebe, die uns verbindet,
die jede Weite und Zeit überwindet,
Dieses Gefühl, das ich verspür,
es ist die Liebe, die mich bringt zu Dir.

Und mögen auch Tage und Jahre vergehen,
ich werde niemals von Dir gehen,
Ich möchte Dich lieben und berühren
und noch einmal dieses Gefühl verspüren,
das schönste Gefühl, das es gibt auf Erden,
Dich zu lieben und geliebt zu werden.

Gefühle der Liebe

(Verbundenheit)

Du bewegst mein Herz
Du bist mein Leben
ich will dir alle Liebe geben

Bis zum Schluss
bin ich Dir treu
gemeinsames Ziel
auf das ich mich freu'
auf ein Leben nur mit Dir
das ich Dir hiermit garantier
Immer kannst du mir vertrauen
Blind auf unsere Liebe bauen
auf die größte Liebe der Geschichte
von der ich Dir jetzt hier berichte
unsere Liebe ist stark und rein
vielleicht wird die Liebe
nie wieder so sein

Eine Liebe fürs Leben
immer bereit
für jetzt und morgen
für alle Zeit

LDF

Gesucht und gefunden

(Keine Wahl, denn Du bist hier)

Viele Tage meines Lebens,
suchte ich danach vergebens.
Nach einem Menschen, der so ist wie Du,
und nun denk ich immerzu
über unsere Liebe nach,
ein Leben, das ich uns versprach.

Ein Leben voller Spaß und Glück,
wie wünscht ich mir die Zeit zurück.
Die Nacht, als unser Lied erklang,
das Lied, das mich so glücklich machte
als ich die Nacht mit Dir verbrachte.
Ich hatte weder Angst noch Sorgen,
fühlte mich auf eine Art geborgen
wie ich sie hab' noch nie verspürt,
und das hat wohl dazu geführt
dass wir uns lieben.

Plötzlich ist das ganze Leben,
als würde man auf Wolken schweben.
Wichtig ist, dass man versteht,
solange sich die Erde dreht
wird es nichts geben,
was über unserer Liebe steht.

Ringe

(Fest verbunden)

Ich trete vor zum Traualtar,
dass was ich wünschte, das wird wahr.
Viele Gesichter, vor Freude erstrahlt,
heilige Wände, reich bemalt.

Die Glocken läuten,
mich erreicht das Wissen,
zwei goldene Ringe
auf blauem Kissen.

Ringe zeigen Verbundenheit,
nicht mehr allein, ein Leben zu zweit.
So möchte' ich diesen Schritt nun wagen,
Dich über eine Schwelle tragen.

Die in ein neues Leben führt
ein Leben, das mich tief berührt.
Die Ringe werden uns Glück verheißen
und die Liebe uns zusammenschweißen.

Wehrlos der Liebe erlegen

Es ist der Glanz Deiner schönen Augen
er lässt mich an die Liebe glauben
Dein zärtlicher Blick bringt uns zurück
in die Zeit zu Zweit die Zweisamkeit
gefühlsbereit zu jeder Zeit
zu jener Zeit in der man glaubt
das Liebe uns die Sinne raubt

Gefühle nur den Weg bestimmen
in dunkler Nacht wie Lichter glimmen
Du bist das was ich immer wollte
die Liebe die man haben sollte
um all die Wunder neu zu sehen
die täglich auf der Welt entstehen

Doch um die Wunder erst zu sehen
muss man die Liebe ganz verstehen
sie macht mich glücklich macht mich froh
ich wünscht mir es bleibt immer so
ein Leben lang

Du die Erkenntnis in meinem Leben

Du bist die Sonne, Du bist das Licht,
das, was ich bin, wäre ich wohl nicht
ohne Dich, mein Herzensgut,
ich wär allein und ohne Mut.
Ich hab Dir vieles zu verdanken,
was mein Leben sinnvoll macht,
darum schütze ich Dich und gebe acht
auf alles, was uns Freude macht.
Auf jede Stunde voller Glück,
Minuten voller Sinnlichkeit,
zwei im Land der Liebe, das so groß und weit.

Ich möchte der Entdecker sein,
Dich nun von aller Angst befrei'n,
etwas Neues zu entdecken,
die Angst davor, zurückzuschrecken.
Vor der Liebe und wahren Gefühlen,
der Angst, dass Herzen sich verkühlen.
Ein Mensch muss wissen, was Liebe ist,
sie ist das Puzzleteil, das man vermisst.
In einem unerfüllten Leben,
obwohl wir könnten so viel geben,
in einem langen Menschenleben!

LDF

Mut zur Liebe

Die Liebe ist ein Schattenspiel
denn man sieht dabei nicht viel.
Es ist das Herz dem man vertraut
auf die Gefühle wird gebaut

Von ihnen lassen wir uns leiten
um Wege zur Liebe zu beschreiten
Doch ist es gut denn es macht uns Mut
unser Leben nicht nur so zu verwalten
sondern neue Kräfte freizuschalten

Den Mut zur Liebe muss ich haben
im Leben auch mal etwas wagen
Die große Liebe ist es dann
die einen glücklich machen kann

Die Liebe sie bringt meist die Wende
erlegt mir auf die schützend Hände
Das Leben werd' ich nie bereuen
nur glücklich leben und mich freuen

Die wahre Liebe - II

Wenn man aus vollem Herzen liebt
gibt es nichts was es nicht gibt

Wir könnten wirklich alles machen
viel erreichen ein Leben bewachen

Zusammen unsere Welt verändern
nicht nur hier in allen Ländern

Die Auswahl sie ist riesengroß
die Möglichkeiten grenzenlos

Am Rad des Lebens könnt man drehen
die Dinge so verschieden sehen

Lasst uns keine Zeit verschwenden
alles schnell zum Guten wenden

Wichtig ist das hier und heute
für die Liebe und die Freude

LDF

Mystik

Gefühle stürzen auf mich ein
als würd' ein Drache Feuer spei'n

Sie sind so kraftvoll und geballt
sowie eine Naturgewalt

Ich kann nichts dagegen tun
steh hilflos da und denk' was nun

Die Lösung sie liegt im Detail
sie ist fast wie ein Rettungsseil

Greifbar nah und doch so weit
einmal schmal und einmal breit

Ein Trip in die Vergangenheit
selbst wenn alle Äste biegen

Ich weiß – ich werd Dich
immer lieben

Geld oder Liebe

Ein teures Auto, schöne Sachen,
können mich nicht glücklich machen,

Der Mensch an sich ist interessant,
doch das wird sehr oft verkannt,

Es gibt Menschen auf der Welt,
die würden alles tun für Geld.

Die von goldenen Tellern essen
und den Rest der Welt vergessen.

Doch nichts kann mich dazu bewegen,
dies, mein Leben, aufzugeben.

Für keine Macht auf unserer Welt,
noch nicht einmal für alles Geld.

Liebe kann sich keiner buchen,
das Herz alleine muss sie suchen.

Stadt der Liebe

Für mich ist sie die schönste Stadt
weil sie so viele Farben hat
Schlösser Bauten Galerien
in diese Welt möcht ich gern fliehen

Paris ist eine eigene Welt
hat viele Herzen schon erhellt
Auch Künstler Maler und Poeten
waren dieser Stadt erlegen

Paris hat Charme und Sinnlichkeit
egal zu welcher Jahreszeit
Musik und Tanz das was man mag
Paris macht Dir die Nacht zum Tag

Die Liebe ist ein Fußballspiel

Die Liebe ist ein Fußballspiel,
und wenn man das gewinnen will,
muss man geradewegs zum Ziel.
Der Weg führt über den Kampf zum Spiel,
doch dafür braucht man nicht viel.

Das Spiel gewinnt man nicht durch Schmerz,
sondern nur mit viel viel Herz.
Das Ziel vor Augen, geradeaus,
das macht den wahren Menschen aus.

Das Leben ist nun mal umstritten
und nicht auf jeden zugeschnitten.
Doch mit vielen guten Dingen,
kannst Du jedes Spiel gewinnen.

LDF

Vier-Gang-Menü

(Für Dich)

Weil ich vor Glück nur Funken sprüh
schenk ich mein Schatz Dir dies Menü

Als Vorspeise steht auf der Karte
Sinnlichkeit die ich verwahrte
nur für Dich

Im zweiten Gang noch dampfend heiß
serviere ich Dir nun Liebeshymnen
in denen ich Deinen Namen preis

Im dritten Gang so gibt es dann
wenn Du magst den Ehemann

Zum Abschluss solltest Du versuchen
in Herzform süßen Schokoladenkuchen

Ich hoffe nun das Dir nichts fehlt
na mein Herz hast Du gewählt

Der Kuss

Er ist es der mir wahres Leben zeigt
zeigt unverschleiert Wirklichkeit

Er brennt ist heiß
der Kuss ist es der mein Leben rettet

Ein Kuss ist rosarotes Papier
mit leuchtend roten Herzen

Er ist Lavendelduft ist Wärme
Sinnlichkeit und Lust

Küsse werden Dein Leben verändern
denn Küsse sind die Stempel der Liebe

LDF

So trage ich im Kampfe die Rüstung der Liebe

Ich mutiere zum Krieger
zum Ritter aus poliertem Stahl
breite meine Arme aus bin jetzt ein Flieger
das Leben lässt mir keine Wahl

Zerschlage angst getränkte Schwaden
erstürme den Himmel im furchtlosen Flug
ich bin ein Krieger aus alten Sagen
jede schmerzende Folter ich tapfer ertrug

Inneres Leid mir das Kämpfen befahl
den Rückschritt wird es nicht mehr geben
das Leben lässt mir keine Wahl
sollt' ich nun verscheiden

Auf dem Schlachtfeld der Liebe
einen Platz erhalten im göttlichen Hain
wird sich des Kämpfers Seele entfalten
so hörst du doch kein Wimmern kein Klagen

Lass mich Dein Krieger sein
der furchtlose Ritter aus poliertem Stahl
treffe ich für die wahrhaft kostbare Liebe
nur noch meine eigene Wahl

Blaue Epoche
Himmel
Meer
Blaue Epoche

Der Sternenwäscher

(Zartes Funkeln in gar finsterer Nacht)

Dort droben am Himmel, die Sterne so trüb,
seit vielen Nächten scheinen.
Kein Funkeln mehr, kein bezauberndes Blinken,
wenn die Blicke der Nacht sich vereinen.

Doch wahrlich, die Sehnsucht mich führt durch die Nacht,
vom silbernen Glanze gebannt.
Begibt sich ein Retter der Leuchtobjekte,
auch Sternenwäscher genannt.

Er zieht den grauen Schleier hinfort,
gibt der Nacht ihre Leuchtkraft zurück,
reinigt den Himmel, erhellt einen Traum,
hier und an jedem Ort.

Wann immer im Leben die Nacht ergraut,
dann richte den Blick hinauf.
Der Sternenwäscher seine Arbeit verrichtet,
um zu erhalten die Träume, die Schlafgedanken
mit einem zärtlichen Hauch.

Gallionsfigur

(Hölzerne Narben)

Sie ragt ihr Haupt stets in den Wind
zu jeder Fahrt bereit
ein Schiff durchquert das Meer geschwind
in jeder Jahreszeit

Aus Holz geschnitzt thront sie am Bug
gezeichnet von den Jahren
Verwitterung frisst sich hinein
sie wird es nie erfahren

Benetzt das Meer auch ihre Wangen
mit Tränen rauer Wogen
braucht hölzern Schönheit nicht zu bangen
das Meer hat sie belogen

Ihr Körper kein Gefühl empfindet
nur still der Zeit genügt
denn irgendwann auch sie verschwindet
das Meer nicht mehr durchpflügt

Sturm und Wellen werden siegen
dem Untergang geweiht
wird auf dem Meeresgrund sie liegen
in alle Ewigkeit

LDF

Der Himmelsreiter

(Fliehende Wünsche)

Sonnendurchflutet ist heut mein Gemüt
ich reite auf Pferden aus dem Himmelsgestüt
auf weißen Schimmeln zieh ich meine Bahnen
auf der Suche nach Liebe
auf der Spur meiner Ahnen

Durchforstend flieg ich zu himmlischen Weiten
durch Nacht und Tag in vergangene Zeiten
auf der Suche
den Ursprung des Wissens zu finden
die Welten mit dem Band der Treue zu verbinden

Hoch zu Ross bin ich der suchende Reiter
in der Himmelsarena ein furchtloser Streiter
aus Berufung zum Licht
als Gegner der Schatten
bring ich zurück was wir alle einst hatten

Morgendämmerung

(Rosarotes Strahlenmeer)

Melodien im Mondenschein streifen sanft die Dächer,
der vom Nebel eingehüllten Häusermeere.

Nun, da der neue Tag hereinbricht, erwacht das Treiben,
voll Sturm und Drang,
bahnen Klänge des Erwachens sich den Weg,
durchschlagen forsch die Ruhe der Nacht.

Der Duft des neu geborenen Tages
steigt so sanft mir in die Nase.

Die Arme weit zur Freiheit ausgebreitet,
stürme ich hinaus, dorthin, wo wildes Leben tobt.
Wann immer uns die strahlend Röte eines Morgens
Kraft verleiht.

LDF

Das Freilicht
Theater der Natur

(Sinfonie der Klänge)

Die Welt sie stürmt mit ungestümen Schritten
nah an mein Herz heran
zieht mich mit leuchtend Schönheit
tief in ihren Bann

Das was mein Aug erfasse
sind Reize der Natur
im weiten Feld des Lebens
kein Leid auf weiter Flur

Fliederfelder strecken sich
soweit das Auge reicht
Sommerklänge überall
auf das mein Herz erweicht

In Sinfonie, ein Blütenfest
die Seele neu beschwingt
hoch am Himmel Vögel tanzen
Ihr Friedenslied erklingt

Engel im Glanze

(Entfesseltes Licht)

Gedanken durchschreiten verkohltes Land,
kein Leben, kein Grün, nur verkohlter Sand,
genährt von Trauer, von Angst erzogen,
ein Tuch der Vernichtung hinweg geflogen.

Geraubte Hoffnung taucht hinab,
Verzweiflung wild entbrannt,
vernichtet all das Gute,
schafft ein Niemandsland.

Die Schneise der Verwüstung,
geschlagen in die Welt,
so ist die Liebe aufgebraucht,
der letzte Baum gefällt.

Ein Mann kämpft sich durch Wut und Zorn,
entschlossen wirkt sein Blick,
er stößt voll Glauben in sein Horn,
ich hol die Welt zurück.

Dem Zweifel ich die Macht versage,
den Lebensraum genommen,
mich tapfer in das Dunkel wage,
Angst zu Staub zerronnen.

LDF

Nur eine Seele nicht gefangen,
das Feuer neu entfacht,
es braucht die Menschheit nicht zu bangen,
denn ich besieg die Nacht.

Nur von Liebe durchflutet,
so fürchte ich nichts,
so werde ich denn siegen,
bin ein Engel des Lichts.

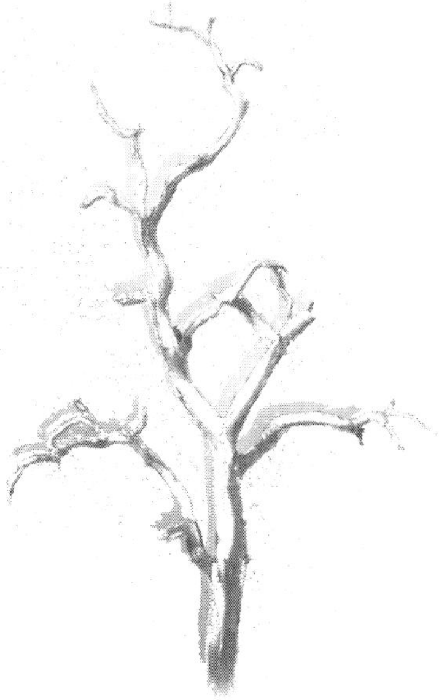

Des Nachts, es fallen die Sterne

Verwehte Erinnerungen an glückliche Stunden
strömen durch pulsierende Adern.
Beschwingt durchtanze ich
die Blütenfelder meiner Welt.

Wenn fallende Sterne die Erde berühren,
sodann erwacht das Glück.
Streifzüge durch eine laue Nacht
verleihen mir die Gefühle eines Entdeckers;
das Ziel fest im Visier.

Die Impressionen eines vergehenden Tages,
sie bewegen mein Herz in sanften Wogen.
Zärtlich spielt die Sinfonie der Sinne,
Gefühlsfontänen sprudeln.

In dieser Nacht entzünde ich das Feuerwerk
der Glücksmomente.
Dieser Tag, so himmelhoch jauchzend,
gefesselt an die pure Freude in mir.

LDF

Himmlisch

(Fliegen wir der Liebe entgegen)

So frei wie ein Vogel möchte ich sein,
vogelfrei mit Dir allein.
Mit Dir will ich durchs Leben fliegen,
möcht die ganze Welt besiegen.

Im Traum hab ich mir vorgestellt,
wir fliegen durch das Himmelszelt,
zu den Sternen, zu dem Mond;
dorthin wo die Liebe wohnt.

Hinauf in die Unendlichkeit,
ohne Raum und ohne Zeit.
Was ist Schein, und was ist Sein,
es müssen nicht nur Träume sein.

Die Liebe,
sie werd ich Dir zeigen;
komm lass uns
in die Lüfte steigen.

Stille Wasser

Ein See entsteht an vielen Stellen
er sammelt Wasser kleinster Quellen
er saugt sich voll beherbergt Leben
auch so ein See hat viel zu geben

Meist liegt er still im Morgentau
sein Antlitz es strahlt himmelblau
er lädt zum Baden dann uns ein
zum Spielen, tollen glücklich sein

Aber auch ein See kann mich erschrecken
wenn dunkle Wolken ihn bedecken
groß finster und geheimnisvoll
genauso wie er scheinen soll

So kann uns die Natur betören
doch nur
wenn wir sie nicht zerstören

LDF

Der Bart des Fischers

Lass uns tauchen heut Nacht im Meer der Liebe
lass uns tauchen bis zum Grund
ich möcht Dich berühren in schäumenden Fluten
lass mich berühren Deinen zärtlichen Mund
lass uns tauchen meine Liebe, lass uns tauchen.

Nun nimm meine Hand
lass uns tauchen heut Nacht
wir erkunden den Boden der Welt
verschmelzen zu liebenden Meeresbewohnern
tauchen so tief es gefällt

Nun erschließe sich uns eine neue Welt
so traumhaft bunt und schneidend kalt
doch nun lass meine Hand kurz los
verzichte auf meinen Halt

Lass mich tauchen, mein Herz, lass mich tauchen
ich schicke Dich nach oben
in die alte Welt
wo ein schöner Himmel sich morgens noch erhellt

Lass mich nun gehen, meine Liebe, lass los
schwimm, mein Herz, ergreif das Netz
entflieh der Tiefe greif zu
schaue nicht mehr nach unten

Erfasse das Netz so wirst Du gerettet im Nu
lass mich sinken, mein Herz,
lass mich zurück
ich schicke Dir nach einen liebenden Blick

Vom Barte des Fischers hinaufgezogen
erschaffe Dein Leben jetzt neu
zum Grunde sinkende Liebe
sei auf ewig Dir treu

LDF

Wenn die Welt erwacht

Wenn der Tau von den Gräsern perlt
die Sonne täglich hell erstrahlt
dann ist Frühling

Es ist die Zeit von Träumereien
auch von geballter Fröhlichkeit
und für das Glück der Liebe
ist es die beste Zeit

Oh, Frühling, wie bin ich Dir angetan
Du erfüllst mich mit Kraft gibst mir Elan
Du wischst den grauen Schleier fort
in jedem Land an jedem Ort

Das Lächeln bringst Du uns zurück
erreichst die Menschen Stück für Stück
Oh, Frühling, was bist Du wunderbar
wir sehen uns wieder im nächsten Jahr

Gelbe Epoche
Sonne
Blumen
Gelbe Epoche

Ewiges Licht

(Lebensfreude erstrahle)

Die Sonne als Quell aller Herrlichkeit
bringt Wärme Schutz und Geborgenheit
erstrahlt im Glanze jeden Tag
sorgt für Wachstum und Ertrag

Für das Grün der Wälder
den Glanz der Seen
all dies kann
nur durch die Sonne entstehen

Was wär ohne Sonne all das Leben
wir wären auf ewig der Nacht ergeben
darum lasst uns fröhlich und dankbar sein
für uns'ren täglichen Sonnenschein

Das Sonnenblumenmeer

(Feld der Ruhe)

Stängel an Stängel
so erscheint
ein aneinandergereihtes Glücksgefühl

Sanft wiegend im Wind
bietet sich mir ein Anblick dar
der seinesgleichen sucht

Diese gar himmlische Pracht
umfangen von solch einprägsamer Herrlichkeit
die mein Gemüt zutiefst berührt

Wie ein Feld der Ruhe
erstreckt sich vor mir
ein Meer von leuchtenden kleinen Sonnen

In dem Zusammenspiel aller Sinne
entführt mich dieses güldene Meer
zum Rand der Zeit

LDF

Macht auf die Pforten

(Beschreite sanftes Leben)

Die Blätter rauschen, Bienen summen,
Geräusche rauer Art verstummen.
Sanfter Wind und Sommerregen,
Sonnenschein auf allen Wegen.

Wenn der Sommer Einzug hält,
erscheint sie klarer unsere Welt.
Auf den Wogen der Lieblichkeit
entfällt die Macht der Lebenszeit.

Könnt ich doch nur Kräfte bergen,
die den Glauben mir verstärken.
Ein Stich, ein Schmerz, ich sinke nieder,
mich deucht', ich höre Kirchenlieder.

Englein tanzen nun in Güte,
Blumen steh'n in voller Blüte.
All diese vielen kleinen Wunder,
beschert das Leben Dir mitunter.

Es möchte Dir auf diesen Wegen
die Richtung weisen;
für Dein Leben.

Sommertag eines Wunsches

(Blühe, mein Herz, erblühe)

Wenn laue Lüfte Dir um die Nase wehen,
Tage voller Glück viel zu schnell vergehen;
Dann ist Sommer.

Wenn die Sonne Dir mit Wärme ein Lächeln schickt,
Deine Seele sich mit Frieden schmückt;
Dann ist Sommer.

Wenn des Morgens die Schritte leichter sind,
liebende tanzen im Sommerwind;
Ja, dann ist Sommer.

Wenn die Vöglein Dir zärtlich ihr Liedchen pfeifen,
Blumen und Früchte zu Ende reifen;
Dann ist Sommer.

Wenn summende Bienen ihre Arbeit verrichten,
Nebel und Trübsal endlich sich lichten;
So ist Sommer.

Wenn die Welt vor lauter Hoffnung erstrahlt,
die Natur ihre schönsten Bilder malt;
Dann ist Sommer,

LDF

Wenn überall Gefühle sprießen,
spielende Kinder auf grünen Wiesen;
Ist es Sommer.

Wenn das Glück schon fast vollkommen scheint,
Lieb und Freud die Menschen eint;
Ja, dann ist Sommer.

Wenn Gedanken in endlose Höhen
entschweben,
wird der Sommer die Erde neu beleben.

Drei Gaben

(Schlicht und doch perfekt)

Ganz am Anfang war das Licht
es gab dem Menschen Übersicht

Dann kam das Meer so groß und weit
es nahm dem Menschen Hungerleid

Nun wuchs ein schöner grüner Baum
er gab dem Menschen Lebensraum

So einfach schlicht und wunderschön
wird man die Welt nie wieder seh'n

Gefühle eines Sommers

In einer lauen Sommernacht,
habe ich an Dich gedacht.
Dabei kam mir in den Sinn,
dass ich wirklich dankbar bin.

Für das, was uns der Zufall schenkte,
die Liebe, die die Ketten sprengte.
Aus diesem Grunde sind wir zwei
überglücklich und so frei.

Dass es nichts auf Erden gibt,
was uns noch im Wege liegt.
Ich habe noch nie einen Menschen gekannt,
den ich so bezaubernd fand
wie Dich.

Sommergefühle

Sag mir wo die Tage sind
sie verweh'n im Sommerwind

Sag mir wo die Liebe ist
ganz egal wo Du auch bist

Der Alltag ist so grau und trist
ich habe Dich so sehr vermisst

Wie ist es wenn die Sonne lacht
die mich im Herzen glücklich macht

Es ist wie auf der linken Spur
wahrlich es ist Liebe pur

Wüstenei

Wie eine Wüste erstreckt sich das Leben
die ewige Gleichheit lässt uns erbeben
doch eine Oase kann wiederbeleben

Von einer großen Sehnsucht erfüllt
ist der Mensch im Alltag eingehüllt
genau wie die Wüste so weit und so breit
ist sie normal die Selbstverständlichkeit

Aber auch sie wird einmal ein Ende haben
wenn wir Menschen uns
am ewigen Wasser laben

Steinerne Bäume

Pinie im Sommerwind
Du spürst nicht wie die Zeit verrinnt
sich die Zeiger weiter drehen
Blätter sanft im Wind verwehen

Dir ist egal ob Tag ob Nacht
Jahre hast Du zugebracht
einfach nur so da zustehen
trotz der Dinge die geschehen

Hast keinen Einfluss auf die Welt
die Welt die sich um Dich gesellt

Dein Schicksal ist es da zustehen
Dir all die Dinge anzusehen
so unscheinbar wie sie auch sind
ach Pinie im Sommerwind

Kraft und Schönheit stark vereint
dennoch jede Nacht geweint
so war Dein Leben Tag für Tag
an das ich nicht mal denken mag

Doch nicht umsonst warst Du am Leben
sondern um uns mitzugeben
wer wir Menschen wirklich sind
Dank Pinie im Sommerwind

Grüne Epoche
Hoffnung
Glück
Grüne Epoche

Der Weg zur Erleuchtung

Des Nachts erhob am Himmelszelt
sich schimmernd Stern als Haupt der Welt

Und führte so verloren Seelen
zum Platz um Gnade zu erwählen

Vergebung floss aus Gottes Händen
um Leid zu mindern - Licht zu schenken

Rettung stand der Welt bevor
am Scheitelpunkt - Am Engelstor

Ein Zeichen der Erlösung

Voll Verzückung schlägt mein Herz
mein Innerstes erbebt
Gedanken fliehen himmelwärts
mein Körper fühlt – er lebt

Die Jahre der Verkühlung
nun endlich sind vorbei
der Hoffnung sanft Berührung
von Furcht getränkter Nebel
nach Jahren gibt nun frei

Der süße Duft der Freiheit
durchzieht die neue Welt
Liebe und Verlangen
bilden eine Einheit
ein Regen sanfter Blüten
getränkt vom Öl der Seligkeit
hinab zur Erde fällt

Das Lächeln eines Engels
unser aller Aug erfasst
so strömt ein Volk zu Gottes Wiesen
um zu verbringen – Himmlisch Rast

LDF

Himmlische Gefilde

Sanfte Harfenklänge
zerschlagen die Stille der Nacht
entzünden die Flamme von neuem
das Wesen der Vergänglichkeit

Dem Schlafe entrissen – neu erwacht
erhellt mir den Geist
belebt mir die Glieder
und wird mein Herz erfreuen

So gibt mir des Himmels Sonate
wieder den Mut zurück
an den geistigen Gestaden
ich mich niederlasse
erlebe von Neuem das Glück

Zufriedenheit die Vorherrschaft erkämpft
Zweifel für immer entschwunden
erfüllt mich die Liebe ungedämpft
die ewige Ruhe gefunden

Gedanken als Dankeschön

Die Tage wehen wie Jahre dahin
allein die Gefühle behalten den Sinn
sein Leben reiflich auszukosten
und niemals wirklich einzurosten

Ich kann es in den Augen lesen
Du besitzt ein gutes Wesen
auch viel Humor und Charme
kann ich in Dir erkennen
um nur einmal ein paar zu nennen

Lassen wir nun Herzen sprechen
die meistens voll ins Schwarze stechen
darum sollen 1000 Kerzen brennen
denn ich bin glücklich Dich zu kennen

LDF

Das Gefieder einer liebenden Muse

(Federleichte Hoffnung)

Oh, Du zärtliche Muse,
die Du mich küsst,
streichelst lieblich mein Gefieder.
Zarte Winde tragen uns
im Leben auf und nieder.

Von wärmenden Gefühlen getrieben,
durchtanzten wir das Wolkenland.
Von Leichtigkeit nur angetrieben,
erhebt mir Muse den Verstand.

Auf dieser Reise Du mich führst,
entlang der weißen Himmelswelten.
Erobern wirst Du alle Herzen,
oh, Muse, Du, erleuchte mich,
mein Seelenfriede
viel zu selten.

Die Blumenvase der Erfüllung

Gleißendes Licht aller Herrlichkeit,
so begebe Dich auf Wanderschaft.

Ziehe mit den Sonnenstrahlen
durch die Welt,
durchtanze mit dem Wind
den Rhythmus aller Zeiten.

Erspüre gar so sinnlich
den Grund vom Tempel Gottes.

Als eine Sphinx des Schutzes
erstreckt ein starker Wall voll Hoffnung
sich unaufhaltsam hoch hinauf
zum Schnittpunkt der Gestirne.

Lässt Zuversicht in Blütenform
wie weichen Pflaum zur Erde gleiten.
Beschirmt erscheint mir in den Träumen,
von Sorgen zart gebettet Haupt,
der Wehmut fern getragen.

Die Menschen sind nun gleichgestellt,
der Götter, die wir einst erkoren.

LDF

Das Gefühl als Spiegelbild der Seele

Die Seele ist ein großer Strand
und dieser Strand bleibt unbekannt
doch es wird alles angespült
was man denkt und was man fühlt

Ich spüre die Sonne
spüre das Meer
ach wenn ich doch nur
bei Dir wär

Manchmal träumt man
vor sich hin
doch was man träumt
macht keinen Sinn

Es ist als wär die ganze Welt
ein riesengroßes Zirkuszelt
in dessen Mitte da steh ich
denke nach und wart auf Dich

Die Kraft eines neuen Tages

Bricht ein neuer Morgen heran,
so wirft Mutter Natur ihr fein gesponnenes Netz
aus Herrlichkeit
in Verzückung über unsere Welt.

Das Gefühl eines warmen Sommertages
durchströmt die Lüfte,
dieser Geruch der Freiheit
liegt sanft schwebend in der Luft.

Angekündigt wird nun so,
den Augenblick im Sehen zu erleben.
Atme tief, befreie dein Gespür von allen Zwängen.
Erlebe voller Zuversicht
die Reinheit eines neuen Tages.

Im Lichte erscheinen uns die Gedanken ganz neu,
wiederkehrend Kraft fühl ich in meinen Lenden.
Voller Freud und neuem Mut beschreite ich
den Pfad der Zeit,
Bestimmung werd ich selbst entscheiden.

Schicksal einsam nun verdorrt,
denn dieses ist die Ära aller Träume.
Dem nächsten Tag werd ich die Nahrung schenken,
geboren ist sie nun fortan, die neue Lebenszeit.

LDF

Die Zeit der Wunder

Verkühlte Dämmerung erhofft
das Licht des Tages zu erblicken
um zu erstrahlen
am Firmament des Lebens

Sanft gleitet strahlend Funke
aus lähmender Verzweiflung
gibt frei den Blick
auf Unverzichtbarkeit

Ein Schauspiel tanzender Gedanken
lässt Träume nun
zur Wahrheit werden
führt uns zum Anbeginn zurück

Zum Ort wo einst alles begann
die Wiege aller Wunder stand
Dort wo unverschleiert Reinheit herrscht
der Sinn des Lebens in sich ruht.

Hier bricht jetzt die Versiegelung
entlässt die Wunder in die Welt
und schenkt
ein neues unverhülltes Leben

Der Freigeist

Dort wo begrenzend Tore bersten
Veränderung den Weg sich bahnt
dort ist ein freier Geist geboren
um ganze Völker anzuführen
Errettung nun erahnt

Ein freier Geist der ungezwungen
die Sphären dieser Welt durchstreift
dort werden Träume neu geboren
ein steinern Herz erweicht

Ein neuer Glanz umspannt so sanft
gezeichnete Gemüter
trägt Hoffnung Engelsgleich herüber
und öffnet menschlich Aug

Beschützer ist in schweren Zeiten
ein Freigeist der bewacht
das Glück der Menschen Stolz und Kraft
Gezeitenfeuer neu entfacht

Wenn das Leben einst sich wieder
als nicht lebenswert erweist
schließe auf die Herzen
empfang den freien Geist

LDF

Nur ein Schimmer der Hoffnung

Silberstreif am Horizont,
berichte mir,
wie sich der Kreis der Hoffnung schließt.

Vergangenes erblüht aufs Neue,
noch immer ziert ein Glanz
verblasste Schichten eintönigen Lebens.

Nun werden neue Regeln
den Lauf der Welt bestimmen.

Die Ranken des verflochtenen Elends,
zerstört durch frisch gesteckte Ziele,
die Sterne greifbar nah.

Sirenen der Veränderung,
erklingen soll die Melodie des Wandels,
um zu erwecken, dies, ein Leben ohne Zweifel.

Im Wandel der Zeit

Entwurzelt ziehen die Gedanken
durch des Herzens Wirren
Steine der Verzweiflung
lässt gläsern Hoffnung klirren

Monströs erscheint das Grau der Zeit
der Engel Flügel fallen
Rufe der Erlösung
ungehört verhallen

Gestrandet ist die Hoffnung
Erinnerung verzerrt
ein Bildnis alter Schöpfung
als Heiligtum verehrt

Ruhelos die Herzen schlagen
erkennen die Gefahr
den Schritt ins Ungewisse wagen
Legenden werden wahr

Die Zeiten des Erstarrens
für immer sind zerstört
der frische Duft des Lebens
nun diese Welt betört

LDF

Die Freiheit

(Schwingen der Wachsamkeit)

Heil den Gefühlen
die ich empfinde
verstreut sind meine Ängste
in alle Winde

Beim Wandern durchs Tal
der Vergänglichkeit
wo Hoffnung erblüht
wo Sehnsucht gedeiht

Da wo mein Herz zur Ruhe bettet
wird leidend Seele sanft errettet
dort wo Gefühle Kreise ziehen
wo innig Wünsche hin entfliehen

Dort wird sich dann
ein Schicksal fügen
Herzen sich damit begnügen
frei zu sein

Das Kloster

Alte und heilige Mauern
hoch droben auf einem Berg
sie waren das Ziel meiner Reise
ein Ort von Gottes Werk

Für mich als Zuflucht erkoren
der Ruhe und Einkehr verschrieben
die Seele sie schien verloren
doch die Knospen der Sehnsucht sie blieben

Dieser Ort so vertraut und erlesen
Erfüllung durchströmt die Venen
bin nie glücklicher im Herzen gewesen
kann ein Mensch sich denn mehr ersehnen

Ein Kloster der Besinnung
von Mauern des Friedens umschlossen
hier findet der Mensch die Bestimmung
ein Becken der Tränen vergossen

Eine Zuflucht für gebrochene Herzen
schlichtend der Heilung empfohlen
lindert des Lebens Schmerzen
hier wird sich mein Herz erholen

LDF

So preise ich die Mauern zum Schutze
bin dankbar und wahrlich beseelt
die Kraft der Ruhe ich nutze
den Friedenspol erwählt

Poesie der alten Tage

Poesie der alten Tage
förd're neue Kraft zutage
führe mich zu leuchtend Emotionen
welche fordernd in mir wohnen

Poesie der alten Tage
sag mir wie ich es ertrage
ständig dieses Leid zu sehen
und Hoffnungen im Nichts verwehen

Ist es nicht der Menschheit Qual
ein Rhythmus den man uns befahl
die Regeln die uns auferlegt
sind Zeilen die man nicht erwägt

Der Kreislauf
den wir nicht bestimmen
sind Seelenlichter
die verglimmen

Bereise die Vergangenheit
für neues Denken nun bereit
erlebe jetzt die alte Poesie
und sei im Herzen frei wie nie

LDF

Sternenschauer der Träume

Beim nächtlichen Durchstreifen
der himmlischen Gefilde
erwachten einst die Träume
als Sinnbild der Vollkommenheit

Jede Nacht erblüht vor meinem Aug
ein Meer aus Licht und Glanz
lässt mich im Innersten erstrahlen

Bei dieser nächtlichen Verzauberung
erwacht mein Herz zu neuem Leben
so tief getränkt in Sinnlichkeit

Das Schauspiel dieser leuchtend Perlen
lässt mich den Sinn erkennen
in Demut lang verweilen

All abendlich kehr ich zurück
um Sternenschauer zu bestaunen
so spiegelt sich der Freiheit Glanz
in Himmelszelt der Träume

Keine Reue

Ich bin zwar erst 30, hab dennoch viel gesehen,
ich sah Freunde kommen, sah sie wieder gehen,
doch empfand ich keine Reue!
Ich sah auch den Tod, mit seinen finsteren Augen,
ich zeigte keine Furcht, das könnt ihr mir glauben.

Zwar hab ich auch Ängste, doch ich stell sie zurück,
den ersten Rang belegt bei mir immer noch das Glück.
Die Liebe sie kommt, die Liebe sie geht,
wie sanfter Wind über Dünen weht.
Doch ich bereue nichts!

Auch brauche ich keinen Heiligenschein,
möchte nur -ich- möchte ehrlich sein.
Nicht lügen zu müssen,
um glücklich zu sein.
Morgens erwachen, im Herzen noch rein.

Mich nicht zum Negativen zu verändern,
ist sicher nicht leicht,
doch ich werde es versuchen,
und hoffen, dass es reicht.

LDF

Jadegold

(Grüner Stein des Wachstums)

Grün so ist die Hoffnung
vierblättrig ist der Klee
grün sind auch Deine Augen
in die ich so gern seh'

Grün ist die Farbe der Natur
von der ich denk wie macht sie's nur
Menschenaugen zu beglücken
die Welt mit Wundern zu bestücken

Grün ist die Farbe der Wiederkehr
grün heißt geh, auch im Verkehr
So gibt´s auch grüne Edelsteine
feine grobe große kleine

Doch unter all den grünen Flammen
besticht ein kleiner grüner Stein
von ihm wird neue Hoffnung stammen
So zeigt den Weg – der Jadestein

Gedankenwandel

Der im Lichte wandelt,
erkennt sein Ebenbild,
im klaren See der Gegenwart.

Sieht sich der Angst des Alterns
machtlos gegenüberstehen,
begreift den Lauf der Zeit!

In diesem Zyklus wird ein Mensch
sich wieder selbst erkennen,
Verwirrung sich jetzt lösen.

Gibt frei den Blick
auf unverfälschtes Sein,
so lebe denn im reinen Ich.

LDF

Glauben versetzt Berge

(Betende Hände)

Die Kirche stellt man heutzutage
sehr leicht infrage.
Zum Glauben bin ich schon bereit,
doch ist es nicht leicht in der heutigen Zeit.

Ist der Mensch denn wohl behütet,
auch dort wo Zorn und Unheil wütet.
Obwohl ich bete jeden Tag,
hilft Gott mir nur, wenn er es mag.

Nach welchem Schema geht er vor,
wann steh ich vorm Himmelstor.
Fehler mach ich, keine Frage,
verzeiht er mir, wenn ich`s ihm sage.

Wie viele Chancen hat ein jeder,
liebend' Mütter, sorgend Väter.
Ist die Anzahl unbegrenzt,
oder wird man erst gerichtet,
wenn man auf Hoffnung ganz verzichtet.

Lieber Gott ich bitte Dich,
versetz mir nicht den Todesstich,
ich kann noch so viel Gutes tun,
und irgendwann in Frieden ruh'n.

LDF

Spross der Hoffnung

(Gedeihe)

Im verwehenden Gras der Erinnerung
stößt ungestüm ein Spross empor.

Geformt wird er vom Licht der Hoffnung,
geführt nur von der Kraft der Erde

Voll Stolz reckt er sein kühnes Haupt
so kraftvoll in den Wind.
Immerwährend,
Jahr für Jahr,
vollzieht sich ein Prozess
der zärtlichen Veränderung,
die er in seinem Inneren trägt,
der Welt die Richtung weist.

Bestelle nun die Felder neu,
und gib der Zukunft eine neue Chance.

LDF

Wege

(Pfade der Liebe)

In guten und in schlechten Zeiten
möcht ich mit Dir den Weg beschreiten
es ist der Weg der niemals endet
egal wohin man sich auch wendet

Den Weg in die Unendlichkeit
den Weg der uns die Kraft verleiht
die man braucht um zu bestehen
um alles positiv zu sehen

Einen Weg ohne Gitter
einen Weg ohne Schranken
einen Weg der Liebe
und der Gedanken

Denn eines hab ich wohl erkannt
ein jeder hat es in der Hand
jeder Mensch auf Gottes Erden
kann so ein "Wegbeschreiter" werden

Die sieben Meilensteine

(Gezählte Schritte)

Der erste Meilenstein im Leben
die Gabe zu sehen
die Dir wird gegeben

Als zweiten Meilenstein so könnt man sagen
die erste Enttäuschung zu ertragen

Den dritten Stein man so beschriebe
als Meilenstein – die erste Liebe

Den vierten Stein möcht ich vergeben
an die Erkenntnis –
es währt nicht ewig das Leben

Voll Reinheit ist der fünfte Meilenstein
Familie Kinder und ein Heim

Der sechste Stein ist schon verwittert
vor Wut und Trauer arg verbittert

Der siebte Stein der Meilen zählt
die Art zu Leben – selbst erwählt

LDF

Schleier vor Augen

(Erwache in einer neuen Zeit)

So leuchtend schön wie unsere Welt
ist nächtlich nur das Sternenzelt

Die Vielzahl strahlend schöner Lichter
schnürt die Wunder wie ein Trichter

Geballte Freude fällt uns an
auf das man wieder träumen kann

Mit neuer Zuversicht erwacht
und sich mit Glück ans Werk gemacht

Sammelt Kraft für neue Taten
die uns das große Ziel verraten

Auf die echte Wirklichkeit
nur sie regiert in dieser Zeit

Verträumte Blicke

Es waren verträumte Blicke,
die ich am Morgen gebar,
verträumte Blicke, wie sonderbar.

So verträumte Blicke,
der Sehnsucht entstiegen,
der Schönheit – dem Glanz der Welt erliegen.

Verträumte Blicke, die mein Auge verlassen,
voll schwebender Wehmut,
sich treiben zu lassen.

In den Blicken wird sich
das Glück der Erde vereinen,
aufs Neue die Saat der Hoffnung keimen.

So entlass ich verträumte Blicke hinaus,
um alle geschundenen Länder zu heilen,
Flügel der Hoffnung werden daraus.

Freiheit und Licht auf ewig verweilen
und die Menschheit
ihr wahres Schicksal ereilen.

LDF

Zeit der Veränderung

Die Sphäre, sie ist unbekannt,
nicht jedes Wunder wird erkannt.

Mit geschlossen Augen durch die Welt,
nur das sehen, was gefällt.

Problemen und Hürden den Rücken kehren,
offenen Fragen die Antwort verwehren.

Man lebt so gut, wie es eben geht,
auch lieben wir nur den, der hinter uns steht.

Doch dann ein Knall, ein Widerhall,
ich begegne der Liebe, ich bin am Ball.

Nun bekommt das Leben wieder neue Konturen,
klare Sicht, neue Lebensstrukturen.

So ist sie sehr kostbar, die gemeinsame Zeit,
eine Kathedrale des Herzens, neu eingeweiht.

Auf der Suche nach dem Frieden

(Sanfte Schritte)

Ein weiser Mann ließ einst verkünden,
das Feld der Ruhe müsst ihr finden.
Dieses Feld, es schimmert blau,
trägt den Namen: liebend Frau.

Durch Wege ist es nicht zu finden,
sucht einfach die Allee der Linden.
Folgt dem Klang der Einigkeit,
durchbrecht den Drang zu Raum und Zeit.

Losgelöst von allen Zwängen,
Zweifel Deiner selbst verdrängen,
gelangst Du durch ein Tor aus Licht,
zum weiten Feld aus Zuversicht.

Leg ab den Mantel der tausend Fragen,
die Uhr der Zweifel soll nicht mehr schlagen.
Suche nur, wonach Du strebst,
damit Du für Dich glücklich lebst.

LDF

Narziss

(Bildnis der Eitelkeiten)

Selbstbildnis erschaffen,
zu Ehren der Eitelkeit,
leere Augen gaffen,
in den Spiegel der Vergangenheit.

Was ist nur daraus geworden,
aus dem Antlitz früherer Tage,
für Jugend würde ich morden,
so stellt sich nur eine Frage.

Wie erlangt man nach Jahren der Gier,
die einst die Haut verdarben,
die Ehre zurück - ganz ohne Zier,
ohne Wunden und quälende Narben.

Vertraue dem Gesicht der Ehrlichkeit,
so wirst Du Dein Leben genießen,
streife ab nun die Zwänge der Ewigkeit,
lass Keime der Wahrheit sprießen.

Klippen der Einsamkeit

(Graue Schluchten)

Ganz leis' erhebt sich der Verdacht,
ich hab mein Leben zugebracht
mit Einsamkeit, Bescheidenheit.

Nichts vom Leben zu erwarten,
gehört wohl zu den Eigenarten,
die der Mensch sich eingesteht,
wenn's irgendwie nicht weitergeht.

Man steht am Abgrund still und starr,
denkt an die Zeit, wie sie einst war.

Der Ablauf des Lebens verändert sich prompt,
bis es irgendwann zum Stillstand kommt.

Ein Weg wird sehr abrupt beendet,
oft nichts mehr sich zum Guten wendet.

Doch Widerstand ist angesagt,
bevor man diese Welt beklagt,
wenn wir das Leben selbst bestimmen,
muss niemand von der Klippe springen.

LDF

Auf ein Neues

Nicht jedes Gefühl es währt für immer
doch nichts auf Erden ist noch schlimmer

Als den Glauben zu verlieren
und sich selber einzuschnüren

In eine Hülle aus Verzweiflung und Not
da hilft uns nur die Liebe als Rettungsboot

Sie inspiriert Dich aufs neue Gefühle zu suchen
eine Reise ins wahre Glück zu buchen

Wir alle müssen ihr dankbar sein
denn nur mit ihr sind wir Menschen nicht allein

Vernunft

Das Glühen Deiner Zärtlichkeit
erfüllt mich doch von Zeit zu Zeit
mit dem Gefühl der Ewigkeit

Mit Liebe und Geborgenheit
gibt es nichts das weit und breit
dem Menschen noch mehr Kraft verleiht

Auch Ängste die uns Menschen schrecken
kann man auf Dauer nicht verstecken
Doch mit Geduld und sehr viel Liebe
wäre überall nur
-Friede-

Der Ursprung

Schon seit Anbeginn der Zeit
gibt es die Freude und das Leid

Beides wird wohl ewig währen
und ist doch einfach zu erklären

Diese Dinge begleiten unser aller Leben
vom Leid muss man nehmen
um Liebe zu geben

Gekommen und genommen

Ein schöner Morgen gut gelaunt,
wie oft hab ich darüber schon gestaunt.
Die Welt als sanftes Ruhekissen,
wie sehr könnt' ich all das vermissen.

Doch was ist die schönste Welt,
wenn Dir der Mensch an Deiner Seite fehlt.
Nur ein trostloser Acker, verdorben und grau,
kein gelb der Sonne, kein Himmelblau.

Es gibt ein Leben nach dem Tode,
dieser Satz ist jetzt in Mode,
Naivität und blanke Not,
so erklärt sich uns der Tod.

Sollt ich sterben, ohne Reue,
sogar im Tode gibt es Treue,
Selbst danach werd ich Dich noch lieben,
ich schwör, der Tod wird niemals siegen.

LDF

Ein Ende kann ein Anfang sein

Die Tage der Gleichheit,
das Dunkel der Nacht,
wie haben die Jahre mich einsam gemacht.

Kein Mensch kann sagen, worum es geht,
woraus das Leben wirklich besteht.

Verglühen die Sterne im nächtlichen Schein,
könnt es schon zu Ende sein.

Macht der Gewohnheit ergreif nicht Besitz,
da durchfährt mich ein Schauer wie ein Blitz.

Mit einem Mal weiß ich genau,
bunt ist die Wahrheit und nicht grau.

Ich weiß, ich werde einmal weichen,
und das – Licht – nur weiterreichen.

Die alte Heimat

(In Gedanken bei Stanislav K.J.G.)

Einst kam ich nach Hause,
nach so vielen Sommern,
zurück in der Heimat,
wieder in Pommern.

Die vielen Jahre ohne Dich,
waren eine Qual für mich.
Oh, Pommern wie vermiss ich Dich.

Das Land, wo ich geboren bin,
kommt mir alltäglich in den Sinn.
Der Geruch, das Land, die Leute,
ist für mein Herz die größte Freude.

Was brauche ich zum glücklich sein,
ich habe es erkannt,
ich brauche geliebte Menschen und mein Heimatland.

Die Heimatstadt liegt mir am Herzen,
sie nicht zu sehen, bereitet mir Schmerzen.
Doch irgendwann, in fernen Tagen,
wird Hoffnung mich nach Hause tragen.

Ich werde meine Heimat wiedersehen,
und Herzensfahnen werden wehen.

LDF

Erscheinung

Allein gelassen von den Sorgen
warte ich konstant auf morgen
und ich hoffe immerzu
dass die Zeit vergeht im Nu

Das Leben es ist wirklich hart
solange wie ich auf Dich wart
vergessen nun vom Rest der Welt
schau ich hinauf zum Himmelszelt

Seh' schimmernd zärtlich
Dein Gesicht
denk nur:
Mein Gott, das gibt's doch nicht!

Ich seh' Dich jeden Tag vor mir
und jeden Tag sagst Du zu mir
das größte das bist Du für mich
Mein lieber Schatz – ich liebe Dich

Der Sinn des Lebens

Die Frage: Wer bin ich, wo komme ich her,
keine Frage bewegte die Menschheit mehr,
doch um dieses zu ergründen,
müsste man die Wahrheit finden.

Den Sinn des Daseins erst mal verstehen,
um weitere Schritte in sich zu gehen.

Die Frage: Warum bin ich auf dieser Welt,
hat sich ein jeder schon mal gestellt.

Den Sinn des Lebens, wer kennt ihn schon,
ist er Wirklichkeit oder Illusion.

Für mich ist der bedeutende Sinn
im Leben:
Liebe zu geben, und die
wirklich wahren Gefühle zu erleben.

LDF

Das Orakel

(Dorf der Hoffnung)

Vor vielen Tausend Schattentagen
da machte sich ein Krieger auf
das allwissende Orakel zu befragen
nimmt Leid samt Schmerz gewollt in Kauf

Nach langer Reise schritt er sacht
berührend sanft den Lebensboden
zum Quell heiliger Wissensmacht
um gülden Licht um Rat zu fragen

Des Auges weicher Blick
beschloss er auch Gefahr zu wagen
mit vorsichtigem Schritt
um sein kleines Dorf zu schützen
was viel Elend musst ertragen

Auf die Frage die er stellte
des Orakels Antwort nun
dem Reisenden den Geist erhellte
um diesen rettend Schritt zu tun

Erliegt dies Dorf zu vielen Sünden
ist ein Schaden doch zu groß
sollst ein neues Dorf du gründen
nimm Platz auf Gottes Zukunftsfloß

Ein Blick in das Innerste

Als Gefangener der Zeit
ist man nicht dazu bereit
die großen Qualen zu ertragen
welch Seele und Gewissen plagen

Es ist kein menschliches Versagen
sondern es sind tausend Fragen
auf die ich keine Antwort weiß
nun ja es ist ein hoher Preis

Den man dafür zahlen muss
für ein Leben an dem Fluss
am Fluss wo immer Wasser fließen wird
im Land wo man sich nie verirrt

Doch wenn man liebt
und man verehrt
dann ist es
diesen Preis auch wert

LDF

Der Lebensduden

Sobald die Sehnsucht Dich ergreift,
ein Gefühl zu Ende reift,
ist Dir klar, was werden soll,
und was mal war.

Eine Vielzahl kleiner Flammen
setzt zum Feuer sich zusammen.

Die Welt ist doch noch nicht verloren,
sie wird gerade erst geboren.

Die Angst die Hoffnung zu versengen,
den Weg zurück nicht mehr zu kennen.

Diese Angst wird uns genommen,
sind zur Einsicht wir gekommen:
Lebe nur der Liebe willen,
um den Lebensdurst zu stillen.

Impressionen

(Licht und Schatten im Geiste)

Das Meer sich an den Felsen bricht,
am Horizont ein Licht verlischt.

Diese Wunder Tag für Tag,
in liebend Hoffnung nie verzag.

Den Vorgang, den ich hier beschrieben,
ist, wenn sich Tag und Nacht verschieben.

In diesen kleinen Augenblicken,
kann solch Moment das Herz beglücken.

Ein Ton von Liebe widerhallt,
so wie ein Bild, das schon gemalt.

Innere Zufriedenheit,
versüßt dem Mensch die letzte Zeit.

Auch wenn die Jahre Menschen zähmen,
kann keiner uns Gefühle nehmen.

LDF

Der Lohn des Lebens

Dunkle Schwaden durchstreifen die Nacht,
was hat es uns nur eingebracht.

Ein gewaltiger Donner klingt übers Land,
es liegt allein in Gottes Hand,
was der nächste Tag Dir bringt,
welch Vöglein dann sein Liedchen singt.

All das sind Dinge, die den Menschen begleiten,
doch auch Dinge, die nicht wir entscheiden.

Der Mensch alleine muss sich fügen
und sich dann damit begnügen,
was er aus dem Leben macht,
aus den Tagen und der Nacht.

Ein gutes Leben ist der Preis
für die Arbeit und den Schweiß.

Am Ende kann ich zu mir sagen,
ich hab mein Scherflein beigetragen,
bin den rechten Weg gegangen,
und hab dafür den Lohn empfangen.

Helden

Wie viel Helden braucht das Land?
Wie löst man Fragen mit Verstand?

Heldentum ist angeboren,
ein Held, er wird nicht auserkoren.

Wir Menschen wollen daran glauben,
Helden sind wie Friedenstauben.

Viele Helden gab es schon,
gekämpft für das Land, auch ohne Lohn.

Gaben sie ihr eigenes Leben
dafür, dass andere überleben!

Gibt es heute auch noch Helden?
Es gibt sie noch, doch sie sind selten.

Setz Dich ein für Deine Welt,
dann bist auch Du - ein wahrer Held.

LDF

Wandmalerei

(Nimm das Zepter in die Hand)

Ich saß im Zimmer ganz allein
und prägte mir die Wände ein

Jede Wand ihr eigenes Land
voller Farben, voller Leben
kann eine Wand Visionen geben

Vermittelt Wünsche und Ideen
hilft den Menschen zu verstehen

Das Leben ist wie eine Wand
wunderschön und doch verkannt

Doch was soll uns das nun sagen
leb Dein Leben nicht verhalten
ausprobieren, umgestalten

Du hast Dein Leben in der Hand
bemal sie selber Deine Wand

Geständnisse

Ich seh' Dich an und spür es dann,
das Gefühl der Liebe, es greift mich an.
Es hat von mir Besitz ergriffen,
mich wie aus einem Stein geschliffen.

Ohne Liebe ist ein jeder verloren,
es ist als wär man nie geboren,
und alle Gefühle eingefroren.

Die Liebe, sie lässt uns oft erblinden,
doch auch die Gefühle wiederfinden.
Auf wirklich unerklärlich' Weise,
zieht die Liebe ihre Kreise.

Sie zieht mich oft in ihren Bann,
sodass ich mich nicht wehren kann.
Wer will schon darauf verzichten,
um all sein Herzensleid zu schlichten.

Verliebt zu sein ist wirklich toll,
sehr verwirrend, wundervoll,
und doch bleibt sie uns unbekannt,
raubt dem Menschen den Verstand.

Von Angesicht zu Angesicht:
Ohne Liebe geht es nicht.

LDF

Momente der Glückseligkeit

(Wache über teures Gut)

Um die Wunder dieser Welt zu sehen,
muss man keine weiten Wege gehen.

Schon ein kleiner Sonnenschein,
kann unser aller Herz erfreuen.

Vielleicht ist es nur ein Vogelgesang,
der uns zum Träumen verleiten kann.

Die alltäglichen Dinge erscheinen uns neu,
so unverfälscht, naturgetreu.

Was wäre es nur, unser teures Leben,
würde es diese Momente des Glückes nicht geben.

Unvergessen

Nur getrennt von Raum und Zeit
bin ich stark und bin bereit
auf Dich zu warten
bis in alle Ewigkeit

Denn ich liebe Dich so sehr
so eine Liebe gibt's nie mehr
wir werden auf die Probe gestellt
solange bis sich der Himmel erhellt

Bis ich wieder bei Dir bin
nur dieses Ziel hab ich im Sinn
im Dunkel der Nacht fehlt mir die Sicht
doch dann kamst Du
Du warst das Licht

Mit Deiner Liebe hast Du mich verführt
mit Deiner Wärme mich zärtlich berührt
Du bist so lieblich – sinnlich und gut
im Feuer der Liebe
bist Du die Glut

LDF

Reise einer Freundschaft

(Für den Chef Bernd Thieme)

Der wahre Grund, warum ich lebe,
ist das Ziel, nach dem ich strebe.

Liebe und Freundschaft fest verbunden,
aus diesem Grund das Herz erkunden.

Im Strudel des Lebens fest bestehen
und nicht darin untergehen.

Die Freundschaft, sie ist beispielsweise,
die schönste und die längste Reise.

Doch um Freundschaft zu bekommen,
wird so mancher Berg erklommen.

Eine Freundschaft ist es wert,
das man bis zum Ende fährt.

Auch muss man oftmals Opfer bringen,
um eine Freundschaft zu erringen.

Wer eine tiefe Freundschaft pflegt,
wer kämpft, sie aufrecht zu erhalten,
der kann sein Leben ganz entfalten.

Nachgedacht

Das Gefühl der Einsamkeit
ist ein Gefühl der Traurigkeit

Man fühlt sich alleine und betroffen
doch man kann auch wieder hoffen

Dass es wieder Tage gibt
wo man lacht und wieder liebt

Wo man wieder bei ihm ist
dem Menschen den man so vermisst

Es sind diese Gefühle die bestimmen das Leben
und diese Gefühle wird es immer geben

LDF

Eine neue Chance

An dem Tag als sich der Nebel senkte
dem Licht ein neues Leben schenkte
da erschien mir die Welt
wie sie allen gefällt.

So gewaltig, so bunt, so kerngesund
nichts war zu spüren,
von Elend und Not
ich empfand es wie ein Angebot.

Eine Chance die Welt zurückzuführen
das Leben noch einmal so zu spüren
wie es war vor vielen Jahren
als Bäume auch noch Bäume waren.

Die Erde noch voll Glanz erstrahlte
und die Natur die Bilder malte
die Menschen haben wohl vergessen,
was sie haben einst besessen.

Ein Leben, wie es kein schöneres gibt
eins wo man alle Menschen liebt
der schönste Traum auf unserer Erde
ist, dass alles besser werde.

Doch nur die Menschen können es schaffen
ohne Hass und ohne Waffen
dass die Erde weiter lebt, sich weiter dreht
und niemals steht.

Gedankengut

Persönliches Gedankengut
schneidet tiefe Wunden
bei denen die man liebt
die wir im Herz erkunden.

Gedanken möchte' ich manchmal versiegeln
nicht immer die Wahrheit sie widerspiegeln
und doch
sind sie frei - eilen herbei
auch wenn ich sie niemals gerufen.

Verlangen

(Nur ein Gedanke)

Die Nacht, sie ist dunkel, still und kalt,
ich höre, wie ein Echo widerhallt.
Plötzlich zerbricht sie, die Ruhe der Nacht,
tausend Geräusche neu entfacht.

Das Zirpen der Grillen dringt mir ins Ohr
wie Musik, die ich hörte, nie zuvor.
Nachts erscheint mir die Welt so wunderbar,
so unverschleiert, sternenklar.

Zu meinen Füßen ergießt sich das Meer,
in Faszination ich mich verzehr
nach der Tiefe, dem Ende, dem Rätsel der Welt,
da schweift mein Blick zum Himmelszelt.

Unendliche Schönheit lässt mich erstarren,
viele Minuten in Pose verharren.
Melancholie durch fährt mein Herz,
ich spüre Trauer, Wut und Schmerz.

Ich möchte zurück in das Land meiner Ahnen,
mit stolzer Brust und wehenden Fahnen.
Auch möchte ich etwas weitergeben,
diesen wertvollen Satz:
~ es lohnt sich das Leben~

LDF

Momente des Glücks

Es ist ein langer Weg zum Glück
doch den leg ich gern zurück

Viele wollten ihn schon gehen
nur nicht jeder kann bestehen

Nun muss man das real betrachten
das Glück ist einfach nicht zu pachten

Der eine hat's der andere nicht
das Glück hat nicht nur ein Gesicht

Unter Glück ist zu verstehen
man soll eigene Wege gehen

Dann kommt das Glück schon von allein
wie bei uns Zweien

Lachen

Ein Lachen eröffnet uns Möglichkeiten,
um Liebe, Freude und Spaß zu verbreiten.

Ein Lächeln als Symbol von Zufriedenheit,
ein Zeichen von Lust und Glückseligkeit.

Was ist unsere Welt, wenn das Lachen nicht wär,
die Freude zu leben, sie gäbe es wohl nicht mehr.

Nur ein Tag ohne Lachen, ohne Kindergeschrei,
die Zeit der eigenen Jugend, sie wär wohl vorbei.

Kein Tag sollte ohne Lachen vergehen,
nur Mensch muss man sein,
um das zu verstehen.

Kurz und Knapp

Ich bin vor Sehnsucht fast verbrannt
da hab ich meine Chance erkannt

Die Chance
mein Leben neu zu leben

Ein Leben nur mit Dir zu zweit
bis in alle Ewigkeit

Schwarze Epoche
Trauer
Schmerz
Schwarze Epoche

Selbsterrettung

(Endsteige den Flammen)

Das Feuer der Vernichtung brennt an mir hernieder,
mit lodernd' Flammen frisst es sich
qualmend durch die Glieder.

Vernebelt sengend mir den Geist,
bevor es mir das Hirn zerreißt.

Mit flammender Beharrlichkeit
kämpft brennend sich die ganze Zeit
hin zu meiner Seele.

So werde ich gerichtet,
jeden Tag aufs neu,
bis dass ich löschend Hoffnung
übers Feuer streu.

Gefühle der Schwäche

Im Eingeständnis der Schwäche
zerschlage ich mit dem Hammer der Gleichgültigkeit
die Gefühle der Reue

Die Wut die an mir nagte
ich ließ sie ziehen
und gebar ein Wesen mit hasserfüllten Augen

LDF

Nachruf

(Betritt das Feld der Gedanken)

Auf allen Friedhöfen unserer Welt
hat sich nun Ruhe eingestellt.

Man achtet die Toten,
bewegt sich Gemach,
vergessen die Sünden,
vergessen die Schmach.

Keiner fragt mehr, wer Du bist,
doch irgendwie wirst Du vermisst.

Jeder Mensch denkt wohl zurück,
an ein Leben voller Glück.

Einen Toten zu besuchen,
und nicht an seinem Grab zu fluchen,
gehört wohl zu den Eigenheiten,
die Menschen allzu gern verbreiten,
um in Würde dazustehen,
und Fehler leicht zu übersehen.

Doch irgendwann, da kommt der Tag,
an den man nicht mal denken mag,
da geht man auf die letzte Reise,
jeder Mensch auf seine Weise.

Verdammnis im Herzen

Eingeschlossen ist ein Schmerz,
tief in meinem Herzen.
Wehmut reist nun himmelwärts,
es flammen schwarze Kerzen.

Die nackte Furcht erstürmt die Venen,
löscht aus Zufriedenheit.
Wut lässt sich nicht mehr zähmen,
man lebt in Einsamkeit.

So viele dunkle Stunden,
die Zuversicht mir rauben.
Der Hass wird mich verwunden,
verloren ist mein Glauben.

Gefäß mit tausend Tränen,
gebrochen ist der Wille.
Nichts wird mich jemals heilen,
von nun an ist nur Stille.

LDF

Trauerstätte

(Fugen voller Schmerz und Liebe)

Oh Du geliebte Friedhofsmauer
Du verstehst sie meine Trauer

Still stehst Du da, bewegst Dich nicht
nur Fugen zieren Dein Gesicht

Ich möchte' Dein Schicksal mit Dir teilen
und auf ewig hier verweilen

Viele Körper fest verschlossen
dort wo so viel Tränen flossen

Da wo nicht nur Trauer ist
auch Rosen und Vergissmeinnicht

Ort der Besinnung - Ort der Güte
Dein Federkleid in voller Blüte

Spendest Trost dem Erdenkind
obwohl wir doch nur sterblich sind

Mordlust

Brennend schneiden sich die Messer
ins Fleisch der ungestillten Wollust
geführt von kalt enttäuschter Hand

Stunden voller Hass entrinnen mir
wie einst das Schiff
so fern am Horizont entfloh

Dampfend heißes Blut noch ungestüm
aus einer klaffend Wunde quillt
entflieht so zäh geliebter Frau

Die Tat die mich zum Mörder macht
das Himmelstor verwehrt
so kommt doch keine Reue mir zu nah
hab ich das Licht mit Freuden Dir geraubt

Als Henker der Verlogenheit
nun Richter als auch Waffe bin

Immer wieder eilen Todesklingen
voller Lust in sterbend' Lenden

Völlige Zufriedenheit erfüllt versteinert Herz
befleckt Metall zu Boden fällt

LDF

So ist mein Urteil jetzt vollstreckt
gemacht ist auch der letzte Schritt

Verlust im Sinn nicht existiert
die Uhr des Lebens steht

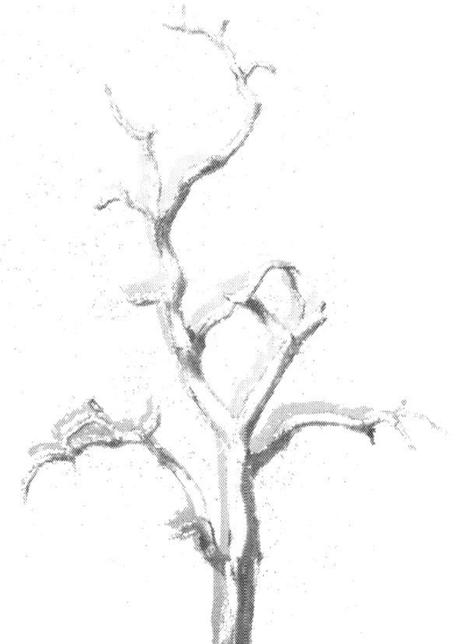

LDF

Dunkelheit frisst Seele

(Zeit der Vernichtung)

Es ist die Zeit der Stille,
sanft ruht der Hass im Herzen.

Dort, wo der Liebe der Einlass verwehrt,
wachsen die Ranken der Grausamkeit,
so wie Efeu des Untergangs.

Die Körper sind ausgebrannt,
so wie ein Schlachtfeld alter Kriege,
Vernichtung zeugt vom Untergang der Welt.

Es brechen die schwarzen Kreuze,
heraus aus dem Boden, der einst so weltlich schien,
rauben der Zuversicht das Licht.

Schwarzer Novize, Todesabt erscheine,
führe die Welt zum Abgrund der Zeit,
auf dass sie fallen möge,
ins dunkle Verließ der Ewigkeit.

Von nun an hat die Zeit nicht mehr Gewicht,
Strudelquell im Nichts.

Ist dies das Ende, das nun naht,
verliert die Suche hier den Sinn?

LDF

Vakuum des Todes,
verschlinge, was nicht gut gesonnen,
zerstöre Hab und Gut!

Zerbrich die Kraft der Herrlichkeit,
nimm nun das Leuchten aus der Welt.

Die Finsternis ist jetzt zuhause,
Lebensmut verdorrt.

Geschmiedete Ketten

(Metall der Sehnsucht)

Im Kerker der Verworrenheit
verirrt sich schwankendes Gut
gedachte Grenzen in Einheit verschwommen
so eilt das Gedachte hinfort.

Erkennend der wachsenden Barrikaden
schweifend durchzieht es das Sein
schallend zerberstend der Zwänge entfliehend
schlägt sich nun Hoffnung frei
die mitnichten in Gestalt gefangen
wohl heilend Gedanke sei.

LDF

Stumme Schreie

Es ist so, wie es immer ist,
ich schicke stumme Schreie hinaus in die Nacht,
doch keines all der Ohren wird mein Flehen erhören.

Zitternd und missverstanden fühlt sich mein Körper an,
der eisigen Kälte der Gleichgültigkeit ausgesetzt.

Meine einstige Liebe, wo bist Du nur geblieben,
warum verstößt Du gar mein Herz,
wieso nur soll ich leiden?

Ist es nicht mehr das große Glück,
vor Jahren einst geboren?

Was hat nur unser Leben
so jäh und schnell zerstört,
wer hat der Liebe Fesseln uns lautlos abgenommen?

Dieses Gefühl der Einsamkeit,
lässt kleines Herz nicht schlafen,
vernichtet flammend die Vernunft der Jahre.

Schreine nach dem Tribunal der Schatten,
schick ich Dir in kalter Nacht,
der Richter wird Dich finden.

Angeklagt dem Liebestod,
wirst Du Dein Leben fristen.

Ich werde in Verzicht mich üben,
auf dem Balkon der Reue stehen,
mich nach Dir verzehren,
in jeder Nacht, die nun auch folgt,
die stummen Schreie,
sie werden nicht mehr enden.

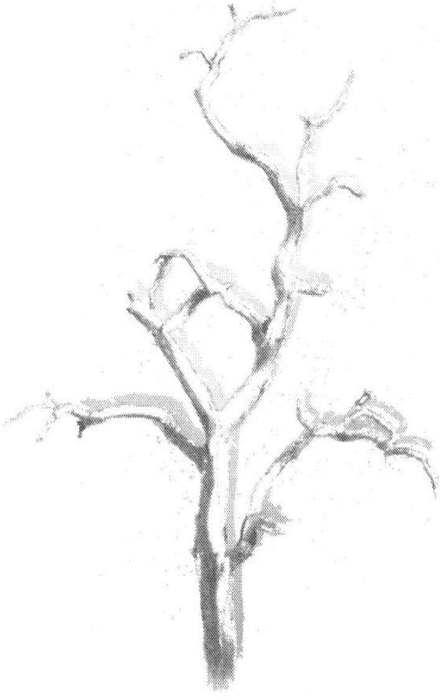

LDF

Die Macht der Nacht

(Licht und Schatten in der Ferne)

So wundervoll mich das Gefühl der Nacht durchströmt,
so wundervoll ist auch die Nacht an sich.

Das Panorama ist es, das mein Herz verzaubert,
das Manifest der Liebe, es lässt mich erblinden.

Es ist eine Empfindung, die mich leicht berührt,
wie Schneeflocken, die auf Erde fallen.

Es ist ein Schnee, der nicht von dieser Welt gesandt.
Schatten, sie berühren die Empfindung meiner selbst.

Korona der Ängste, berührt voll kalter Hände meine Seele.
So, nun zeigt sich mir der Welten Untergang.

Des Leides Schrecken sich nun bahnt,
den Weg hin zur Befreiung.

Stürzt die Dünen der Vernunft,
um zu erretten, dies mein Leben.

Gerichtet

(Das Urteil trifft uns alle)

Ungerechtigkeit auf dieser Welt
ist das, was niemanden gefällt.

Der Neid, die Gier, Verlust von Macht,
hat uns an den Rand gebracht.

Ein tiefer Abgrund, ohne Zeit,
hält sich für Menschen bereit.

Auf eines sollt man sich besinnen,
für keinen gibt es ein Entrinnen.

Was ist es wert, ein Menschenleben,
wenn wir uns selbst die Kugel geben.

Kein Mensch weiß, wo werd ich enden,
darum möchte ich die Nachricht senden,
an die Völker dieser Erde,
auf dass es doch noch besser werde.

Einsicht, Liebe, Gottes Segen,
dafür lohnt es sich, zu streben.

Wenn wir all dies weitergeben,
wird die Erde überleben.

LDF

Das Heer der Seelen

Verirrte Seelen
wandern umher
versinken wie Steine
im tiefblauen Meer

An jene Orte
die Hoffnung verweigern
an Orte die Hass
ins Unermessliche steigern

Gequälte Seelen
ein Jammertal
es sind so viele
eine endlose Zahl

Nacht um Nacht
erklingen die Schreie
dringen aus Mauern
im Schmerze ins Freie

Es bevölkern die
dunklen Schwaden der Nacht
zu lange schon Zeit
im Kerker verbracht

Gefolterte Seelen
erheben sich nun
die Rache erfolgt
für sinnloses Tun

Sie fordern den Preis
für die Jahre der Leiden
ein Heer aus Zorn
wird den Kampf bestreiten

Geflohen um den Menschen
das Licht zu stehlen
nun kommt es zur Schlacht
mit dem Heer der Seelen

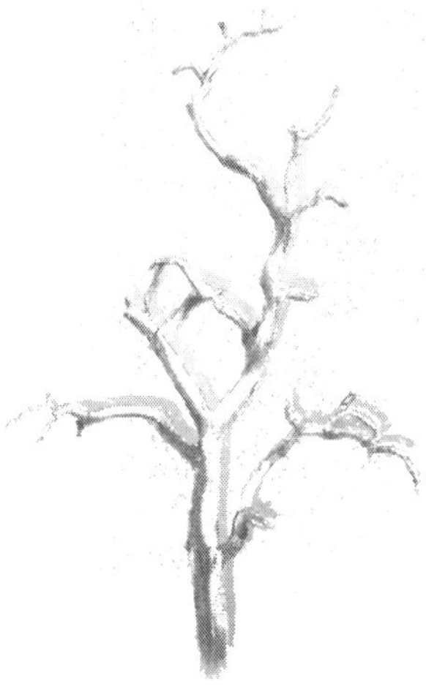

LDF

Im Sog der Verdammnis

Zur Schlafenszeit greift sie nach mir,
die Macht der Dunkelheit.
Schwarze Zacken eines Ankers aus Angst,
ziehen mich hinab ins Reich sengender Verzweiflung.

Kalte blaue Steine lachen schallend,
halten fest das Fleisch im Zorn.
Knorrige Hände greifen in die Finsternis,
der heiße Atem mir gefriert.

Das Spiel der Schatten hat begonnen.
Auf dem Schachbrett des Todes verrichten
hassgetränkte Figuren
vernichtende Züge.

Stehlen den Mut aus pochendem Herzen,
gefürchtete Verdammnis ist der Preis im Spiel der Furcht.
So wird die Hoffnung gefoltert,
jede Nacht aufs neu.

Herangeführt durch die Galeere des Schmerzes,
zu erringen den Titel ohne Glanz.
Es prangert im Gedächtnis feuerrot getränkter Rat;
Reise nicht in die Arena böser Träume.

LDF

Remember

Der Nebel des Vergessens
legt sich wie ein bleierner Mantel
auf die Gemüter ferne Tage

So weit entfernt scheint der Moment
der alten Liebe
vergessen scheint die Zeit des Glückes
Zusammenkunft der Sinne

Vereinigen wir den Drang der Welt
um Götter zu entthronen
der Weg ist frei – das Ziel so fern
Gerechtigkeit gefangen

Im Kerker einer längst vergangenen Zeit
die Gitter werden bersten
aufgesaugt wird nun der Schmerz
den schwarze Schatten einst verströmten
ein Licht bricht in die Herzen

Dies sind die Tage die für mich
die wohl ersehnte Wendung bringen
ich sehe nun ein neues Ziel
geboren um zu stärken
den fast erloschenen Geist

LDF

Beflügelt gehe ich -
im Garten der Liebe spazieren
mein alter Geist ist mir entflohen
streift die Gebirge der Vergangenheit

Erkenne ich erst jetzt die Zeichen
die sich in meiner Seele brechen
Symbole des Verzeihens
so bin auch ich nun wieder frei

Gepeinigter Schlaf

(Böse Träume)

Letzte Nacht wollt ich mein Traumland erkunden,
ich legte mich nieder und schlief,
durchreiste den Traum auf tanzenden Wolken,
doch irgendwas ging schief.

Ich rief Deinen Namen, irrte umher,
der Finsternis gewahr,
dann erschienen Gesichter, ein ganzes Heer,
mit Augen glasig und starr.

Ich rief nach Dir, wie in Trance gefangen,
doch fand ich Dein Lächeln nicht.
Da erblickte ich den Kopf von einem Stier,
an einem Baume erhangen,
und er trug Dein Gesicht.

Wallender Schmerz durchfuhr meinen Leib,
die Angst ergriff Besitz.
Ich werde sterben, wenn ich hier verweile,
durchfuhr es mich wie ein Blitz.

Doch da durchbrach eine Hand
aus gleißendem Licht die schreckliche Dunkelheit,
es war eine Hand von Gottes Gericht,
sie bot mir freies Geleit.

LDF

Beim Erwachen
Deine Hand mich zärtlich berührte,
voll schützender Lieblichkeit,
war es die Liebe, die zurück mich führte,
zurück zur Glückseligkeit?

Trauerweide

Trauerweide im Winde Dich wiegst
trotzend dem Stürmen und Frost
ergießt Deine Fühler über Boden des Lebens
schier unermesslichem Schutze gewahr

Tiefe Schrunden im Leib fest verschlossen
erzählen Geschichten vergangener Tage
dem ewigen Schmerze trotzend
Dein Leid Du Dir bewahrst
der Trauer die Nahrung versagst

So wie Dächer beschützest Du Häupter
wie goldenen Regen ergießt Du Knospenfäden
gleichsam wiegend im Wandel der Zeit

Gesandt von höheren Gewalten
Stärke trotz Verwundbarkeit
alte Tugenden entfalten
Veränderung

Starke Wurzeln durchpflügen die Saat
auf dem Wege durch Knochen und Torf
um im Lichte aufzubrechen
hölzerne Finger überreichen die Saat des Lebens
gereift in einer Hülse aus Leid

LDF

Zerberstend entspringt die Hoffnung dem Lande
in Finsternis gehüllt
aufzusteigen in die Sphäre
durchstreift auf ihrem Wege

Sieben Himmel unaufhaltsam
den aus den jungen Knospen entspringt
die Hoffnung für die Welt
Trauerweide, göttlicher Stamm
Leben Du gebärst
Tapfer mit all Deiner Stärke
uns ewigen Schutze gewährst

Entfesselter Schmerz

(Höllenqual)

Verschneite Wiesen, fallendes Eis,
trocknende Tränen auf geröteten Wangen,
gewärmtes Herz um jeden Preis,
trotz schmerzendem Verlangen.

Verwundete Blätter fallen herab,
im Schmerze tödlich gefangen.

Gebrochene Lichter wandeln umher,
streicheln die Seelen der Kläger,
gerichtet im Strudel der Wiederkehr,
mutiert der Gestrafte zum Jäger.

Kraftvoll entsteigt die gesteinigte Seele
den Flammen der Resignation,
dem Klee der Hoffnung gewährt keine Chance
geschändeter Lebensthron.

Morgendämmerung gebärt ein Kind
in Form gestrandeter Wut,
dank himmlischer Macht treibt sie
das Böse
zurück in die Höllenglut.

LDF

Die Sümpfe der Trauer

(Schatten Deiner selbst)

Gestrandet bin ich in den Sümpfen der Trauer,
welch ein trostloser Ort,
hier entreißt es Dir Hoffnung,
spült den Glauben hinfort.

Orientierungslos irr ich umher,
kein Licht ist zu erblicken,
freies Atmen fällt mir schwer,
ich drohe zu ersticken.

Nur giftige Dämpfe – Schwaden der Angst,
an solch einem Ort, Du ewig bangst.
Gestrandet im Sumpf der ewigen Trauer,
meinen Körper erkriecht ein fröstelnder Schauer.

Knietief im Morast gefangen,
Schmerzen in der Brust,
erinnere mich der Klagelieder,
erkenne den Verlust.

Steine geworfen ins trübe Wasser
erzeugen keine Wellen.
Erinnerungen werden blasser,
entbehrt den Drang sich zu verstellen.

Demaskiert dem Licht verschlossen,
dem Ende hin gesehnt.
Glanzlos Tränen nur vergossen,
von Todesangst gezähmt.

In den Sümpfen der Trauer bin ich gefangen,
keine Liebe mehr weit und breit.
Kein wirklich Leben hier gedeiht:
Gefangen auf Lebenszeit.

Das Vermächtnis der schwarzen Schatten

(Vereinigung der kalten Hände)

Der Sog des Lebens zieht mich hinab,
aller Glanz fällt von mir ab.

Ich weiß nicht, was ich fühlen soll,
das Fass der Tränen ist schon voll.

Wortlos starr ich in die Nacht,
was hat sie nur aus mir gemacht, die Liebe.

Fühle mich so ausgebrannt,
male Herzen in den Sand.

Blick zurück auf ferne Tage,
stelle mir die schwerste Frage.

Was soll werden nun aus mir,
zu wem gehöre ich, wer zu mir?

Die Hände, sie sind mir gebunden,
es ist nicht möglich, zu erkunden.

Worum es denn im Leben geht,
an welchem Punkt davon man steht.

Doch als Trost sei noch zu sagen,
im Leben gibt es nicht nur Fragen.

Nein, auch ohne Worte gibt es Liebe,
wenn sie doch nur für immer bliebe.

Dann gäb es keine Trauer mehr,
nach der ich mich so sehr verzehr.

Novemberschatten

(Tribut)

Ein von Liebe getragenes Gefühl,
erbebt die Körper.
Ein Verlangen nach Licht und Wärme,
verzweifelt in uns pocht.

Der Trieb von der Natur erschaffen,
fordert den Tribut für ungezähmtes Fühlen.
Es ist November in den Herzen,
doch Farben fluten alle Venen.

Die Zeit der inneren Veränderung
klopft an verschlossene Türen.

Ein neues Ich ist die Gefahr,
gefräßig wie Hyänen
fletschen Schatten ihre Zähne,
Machtkampf der Verträglichkeiten.

Es ist, als wäre der Schlüssel,
der alle Türen öffnet,
so tief in mir begraben.
Verdeckt von schweren Schichten der Scham,
Platten der Hoffnungslosigkeit.

In einer Jahreszeit wie dieser,
ist starker Wille nun gefragt,
die Kraft zu einem Glauben,
der schon verloren schien.

Wappnet euch für schwere Zeiten;
im Herzen ist November!

LDF

Rendezvous des Todes

(Verbrannte Asche)

Das Gräberfeld im dichten Nebel
berichtet uns von Taten
Seelenfänger unterwegs
so hat man mich verraten

In seichte Dunkelheit gelockt
die Fallen sind gestellt
am Himmel schwarze Kreise leuchten
die durch Verrat erhellt

So ergreift nun schwarze Macht
von dieser Welt Besitz
als Zeichen allen Untergangs
schlägt ein der Todesblitz

Graue Asche steigt nun auf
verstreut in alle Winde
wo einst mal weltlich Hoffnung ruhte
nur Schmerz ich noch empfinde

Schattenspeere

(Flucht durch nächtliche Ruinen)

Bedrohlich schnaufen skelettierte Pferde,
durchbrechen die Stille der Einsamkeit.
Jede Nacht durchwandere ich die Dunkelheit,
kein Licht erhellt den Weg, den ich gehen muss.

Wie ein Schwarm des Schreckens,
bedrohlich zischend,
sausen die Waffen der Nacht an mir vorbei;
vom Torso der Vergänglichkeit geführt.

Die Hetzjagd im Traumland hat begonnen,
alte Seelen in fleischlosen Körpern
schwingen geschärfte Schattenspeere.
Wie Geister durchwandern sie die Finsternis,
die Fährte des Fuchses aufgenommen.

Mit wild pochendem Herzen
erkenne ich die Bestimmung der Nacht.
Ein menschliches Wesen
gefangen im Albtraum der Verlorenen.

Dieser Gladiator der Angst,
mit schweren Schritten stapfend
durch die Wälder der Hoffnungslosigkeit.

LDF

Jede Nacht eine Treibjagd der Toten,
sobald der Sonne die Macht versiegt.
Mit vorbestimmter Panik
schließe ich die Augen: jede Nacht.

Schutzlos dem Jäger ausgeliefert,
wieder und wieder surren Schattenspeere
durch die Dunkelheit.
Wo ist nur das Tor zur Wirklichkeit?

Diese Qualen jede Nacht,
es raubt mir den Verstand.
Ihren Atem kann ich schon wieder spüren,
Schattenspeere angelegt;
die Jäger sind erwacht ...

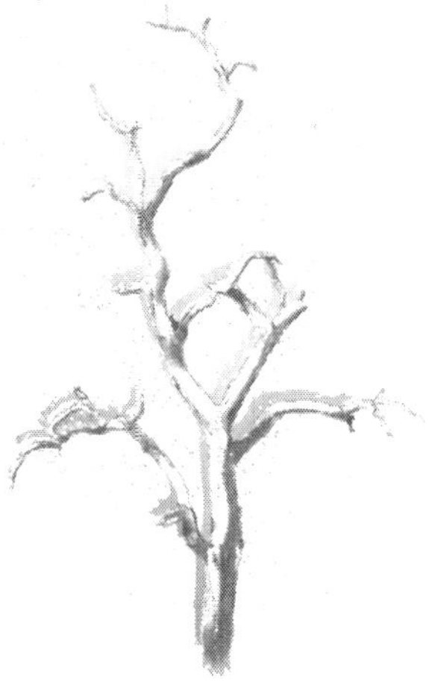

Der Kent – Verdammnis im Schatten der Gestirne

Verdammnis wird über uns kommen,
ich rufe den Namen der Brut.
Geschaffen in den Feuern des Hasses,
in des Teufels feuriger Glut.

Entstiegen der traurigen Asche,
die so quälend die Seelen verschlingt,
kommt sie über uns Nacht um Nacht,
wenn die Trauer ihr Liedchen singt.

So, wie sich die Verwüstung
dir im Inneren zeigt,
Verlust und Ängste sich erschließen,
die Vernunft für immer schweigt.

Glücksmomente sich fatal erwiesen,
es wird Verdammnis sich entfalten,
die Welt dem Ende näher führen,
Apokalypse gleitet in die Tiefen,
wird jäh den Rand der Zeit berühren.

LDF

Verdammnis, oh, Du holde Maid,
gib mir zur Finsternis Geleit.
Triff die Entscheidung nun für mich.

Erlös mich von den Leiden,
auf dass Zerstörung in mir wütet:
für jetzt und alle Zeiten.

Der innige Verlust

(Geraubte Träume)

Aus der Tiefe der Nacht zum Leben erweckt
die Hände hoffend ausgestreckt
um zu fassen was es nicht gibt
das Leben dass man so sehr liebt

Wird ein kleines Kind geboren
hat es praktisch schon verloren
denn wer hat es schon noch leicht
wenn man den Rand der Welt erreicht

Am Anfang ist es wunderschön
die Welt in ihrem Glanz zu sehen
doch irgendwann erkennt man dann
dass dies nicht wirklich alles sein kann

Ich möchte wissen und verstehen
die Mutter Erde anders sehen.
Doch all die Träume werden uns geraubt
alles weg voran man glaubt

LDF

Schattenstrudel

(Schwankend Kahn durchbricht verbrannte Wellen)

Die vielen Tage auf offener See
stumpfen ab ein hoffend' Auge
die rinnend' Zeit verbracht
mit schäumend starken Wellen
im Fahrwasser des Todes durchstreife ich
die alte Zeit

Die Häfen der Hoffnung schwanken in der Ferne
im Einklang mit den Schergen des Meeres
verzerrte Gesichter offenbaren
gequältes Leid
die Hand zur Errettung ins Leere greift
kein Halt gewahr

Die erkühlende Fracht die ich geladen
auf faulenden Planken wohl zart gebettet
geliebte Frau der Heimat ich entgegen trage
so durchquere ich die Pforten
befahre nun aufs neu das Meer der Schuld

So befördere ich als Fährmann der geraubten Schatten
geliebte Seele hin zu rötlich blühenden Gefilden
trage unterm schwarzen Mantel der Reue
gar liebend blutend Herz

Dies sollt nun die letzte Reise sein
nach sieben Häfen ohne Glauben
erreiche ich das Feld der Ruhe
inmitten sanfter Winde
wirst lindernd Heilung Du erfahren

Zur letzten Ruhe übergebe ich geliebtes Weib
den feurig schlagend Wellen
verdampfend Hass und Schuld:
Nun Ruhe sanft im brennend Meer der Zeit!

LDF

Schatten Deiner selbst

Es gibt Menschen,
die fühlen sich allein gelassen.

Sie fangen an, sich selbst und andere zu hassen.

Dies sind Menschen, die nicht den Strohhalm fassen,
und aus dem Grund auch schnell verblassen.

Kein Mensch kann sie sehen oder verstehen,
es sind Menschen die besondere Wege gehen.

Und sich selbst am liebsten
von Hinten sehen.

Gefahr ist auch nur ein Gefühl

Was birgt das Leben für Gefahren,
die uns täglich widerfahren.
Gefahren, die uns mit begleiten,
während wir durchs Leben schreiten.

Gefahr erhöht die Wachsamkeit,
man ist bereit zu jeder Zeit.
So führt man im Leben nur noch nach Plan,
nichts was wir tun ist mehr spontan,
dann stellt er sich ein,
der Verfolgungswahn.

Er raubt uns die Sinne,
lässt einen jeden erschauern,
um unser Leben Wände mauern.

Doch hat man das erst überstanden,
ist die Gefahr nicht mehr vorhanden.

LDF

Kleiner Abschied

(Doch nur für kurze Zeit)

Meine Lieben, ich verreise,
hab lächelnd mich hinzugesellt,
ziehe sanft nun meine Kreise,
dort oben in der Anderswelt.

Dort oben gibt's nun keine Leiden,
kein Schmerz und keine Trauer mehr.
In Wünschen werd ich hier verbleiben,
in dunkler Nacht als Sternenmeer.

So sage ich, gehabt euch wohl,
denkt an die schönen Tage.
Die Liebe sie ist das Symbol,
das ich im Herzen trage.

In Trauer sollt ihr nicht versinken,
ich werde immer bei euch sein,
von anderen Orten werde ich winken,
dennoch im Herzen glücklich sein!

Violette Epoche
Fiktion
Traum
Violette Epoche

Poetenseele

(Im Rausch)

Oh, Dichters Herz, ergreife sanft,
was mir vom Leben übrig blieb.
Jetzt, wo mir die Nacht ein Freund und Tinte ist;
ein ständiger Begleiter.

Fühlt den Rausch, in dem wir uns befinden,
spürt das wilde Pochen meines Herzens.

Verschlagene Stille,
nur Kerzenlicht glimmt,
sacht in des Dichters Kämmerlein.

Da, wo geschriebenes Leben entsteht,
ein Zyklus des Erschaffens,
in jenem der Dichter die Macht seiner Taten erkennt.

Nun verschreibt er sich der Kunst,
die Seelenfeuer zu entfachen,
für eine Welt der Träume.

PoetensEELE - II

Verführerischer Mondenschein
schimmernd in mein Zimmer bricht.
Tanzt mit Sternenglanz im Reigen,
verströmt den Duft von sinnlichem Verlangen.

Die Jahre voller Dunkelheit
fallen klirrend ab von mir,
ein durchdringendes Licht
verheißt nun wahres Leben.

Herausgetreten aus dem Schatten der Vergangenheit
erstrahlt der Glanz der Hoffnung neu.
So entführt mich die Erhabenheit des Mondes
ins Reich der geistigen Besinnung.

Poetenseele - III

(Verwandlung)

Es fallen die Mätressen der Sinnlichkeit
wie Federn im Hauch
in Zeitlupe herab.

Der Bewanderer des Lichts
schlägt den Pfahl des Erkennens
so tief hinein ins Herz der Zeit.

Zersprengt den Wall der Sterblichkeit
mit einem Schlag des Glaubens.

Trinkt man vom Elixier des Visionären
erschließt sich einem Hoffenden
ein völlig neues Ziel.

Geboren ward ein Wunsch
in einem reinen Herzen
ein Zögling der Gestirne
erhebt sich nun
aus saurem Boden der Verwirrung.

Geöffnet sind die Fensterläden
in eine neue Dimension
so tretet ein und bringt die Wirksamkeit
zurück in hoffnungsvolle Herzen.

LDF

Die Blumenvase der Erfüllung

Gleißendes Licht aller Herrlichkeit,
so begebe Dich auf Wanderschaft.
Ziehe mit den Sonnenstrahlen durch die Welt,
durchtanze mit dem Wind
den Rhythmus aller Zeiten.

Erspüre gar so sinnlich
den Grund vom Tempel Gottes.
Als eine Sphinx des Schutzes
erstreckt ein starker Wall voll Hoffnung
sich unaufhaltsam hoch hinauf
zum Schnittpunkt der Gestirne.

Lässt Zuversicht in Blütenform
wie weichen Pflaum zur Erde gleiten.
Beschirmt erscheint mir in den Träumen,
von Sorgen zart gebettet Haupt,
der Wehmut fern getragen.

Die Menschen sind nun gleichgestellt
den Göttern, die wir einst erkoren.

LDF

Traumstrudel

(Verworrenes Gedankenland)

Gefühle schweben wie Zugvögel gen Süden
über endlose Weiten, hin zu fernen Ufern

Gedanken prallen auf zerklüftete Felsen
in der Ferne das Echo einer zärtlichen Berührung widerhallt

Dort wo der Horizont die milden Wogen küsst
an diesem Orte entsteht gar himmlisches Geläut

Erhebt sich ein Phönix bar der Wirklichkeit
zieht flammend seine Bahn

Gar magisch taucht ins Abendrot
sprühend Funken ein

Wellen schlagend Farbenspiel
mein müdes Aug erhellt

Im Reich der weißen Sonne

Eines Nachts bin ich getrieben
im Strom der Sterne
um den Mond anzuschieben

So viele Jahre verharrt er in Pose
leuchtender Glanz in des Himmels Schoße

Als weiße Sonne thront er schon immer
Gemüts verändernd wirkt sein Schimmer

Die Kälte welche sein Antlitz verströmt
als winziger Mensch fühl ich mich verhöhnt

Es wird uns immer Geheimnis bleiben
doch Nacht um Nacht die Träume begleiten

Mysterium am Sphärentor
Mondes Klänge erreichen mein Ohr

Sollten sich die Tage neigen
wird seine Macht sich wieder zeigen

LDF

Albtraumstrudel

(Nagende Pein)

Im Dunkel der Nacht
verborgener Gedanke langsam erwacht
begibt sich schleichend in die Sphäre
zurück bleibt nur gequälte Leere

Geister der Zerrissenheit
fest in mir verschlossen
schnüren mir von Zeit zu Zeit
die Luft ab unverdrossen

Stürmen Körper wie Bastionen
grenzenlos gestählter Hass
der keinen wird verschonen

Weiße Taube angepflockt
die Warnung ignoriert
den lebenden der Atem stockt
Träume blutverschmiert

Nun tropft der Wachs in vollem Schmerze
mach jetzt die Augen auf
abgebrannte Lebenskerze
so nimmt das Schicksal seinen Lauf

Der Kent und die Porahmische Ebene

Beendigung der Nacht
der Tag ist eingeläutet
von nun an wird die Finsternis sich lösen
und gibt sie frei die Sicht auf eine neue Ära

Auf eine Zeit die nicht verwelkt
dem Nagen allen Alters trotzt
sich ständig neu erschafft und glüht
so wie ein Stern in einstig Nacht

Erfüllung drängt sich in die Sphäre
zerbersten soll nun beißend Schmerz
die Blume des Erschaffens
bricht fordernd aus der Haut der Schöpfung
zeugt Kinder der Vernunft und Zuversicht

Ein neuer Tag - ein neues Glück
soll uns den Weg bescheinen
und führt so sehnend Menschheit
zum freien Land begrünter Emotionen

LDF

Der Kent – Das Zeitrad

(Zeiger in Schwingung)

Zeitspiralen drehen sich,
um mit Epochen zu verschmelzen.
So rinnt die Zeit der Schicksalsschwingung
entlang der Breitengrade.

Es ist gar wahrlich eine Symbiose,
die Verschmelzung von Geist und Zeit,
nichts existierend und doch vorhanden.

Zusammenschluss von Galaxien,
die sich in Deinem Kopf befinden.
Ein Zeitstrudel, der führen kann,
in diese oder jene Welt
verworrenen Verstandes.

Drehe also dieses Rad,
bedächtig doch entschieden,
und lande so in einer Zeit,
die Deine ist.

Weiße Epoche
Unantastbarkeit
Reinheit
Weiße Epoche

Die sieben Siegel

(Geschrieben steht ...)

Das Leben wird geprägt von sieben Siegeln,
die im Menschen sich widerspiegeln.
Das erste Siegel fein und zart,
ist die wahre Lebensart,
Vernunft und Wissen fest verbunden,
auf das wir uns mal selbst erkunden.

Das zweite Siegel, rot vor Scham,
sagt; leb das Leben ohne Gram,
genieße die Zeit, sie wärt nicht lang
auf dass man sich auf das besann,
was wichtig ist, mich weitertreibt,
mir täglich neue Kraft verleiht.

Das dritte Siegel zeigt sich oft,
verkleidet und auch unverhofft,
es lehrt uns, die Natur zu lieben,
Menschen helfen, um zu siegen.

Die Freundschaft ist das vierte Siegel,
zeigt Dir das Leben wie ein Spiegel,
such Dir Menschen, die Dich mögen,
was Dein Herz auch fest verschließt,
Vertrauen ist der Dünger,
damit wahre Freundschaft sprießt.

Im fünften Siegel bist Du sicher
wie der Fisch im Netz vom Fischer.
Gefahren lauern überall,
man fühlt sich wie im freien Fall,
fest im Glauben musst Du sein,
um Dich wieder zu befreien.
Düster wird die Welt sich zeigen,
um Dich zum Bösen zu geleiten.
Wirst auf dem rechten Weg Du gehen,
auch dieses Siegel wirst bestehen.

Im sechsten Siegel zeigt das Leben
Dir Wege; Neues anzustreben,
Möglichkeiten zu entdecken,
alte Kräfte neu zu wecken.

Das siebte Siegel führt Dich dann
den letzten, schweren Weg entlang.
Doch ist am Ziel man angekommen,
hat man den Lebensberg erklommen.

Der Kent
- Entflohene Gedanken -

Wahrlich beflügelt von geistiger Präsenz,
durchstreife ich die Felder des Lichts.
Geleitet von Gedanken der Ruhe und inneren Einkehr,
besteige ich den Baum allen Lebens.

Zwangsgeführt erliege ich
den betörenden Klängen der Welt.
Zum Leben nun erwecke ich Blüten,
die wohl heilen meine geschundenen Augen.

Von Neugier beseelt stürze ich mich
ins Getümmel allen Irdischen.
Streife ab verwelkte Haut,
pflanze neue Perspektiven in die Welt.

Bin nun Verteiler
gar nahrhafter Weisheit,
ein Befreier gekerkerter Visionen.
Wohl an denn, erschaffe!

Der Kent
– Stumme Schreie – Empfindung im Dunkel

Unsichtbare Wunden
auf porösen Wegen,
zitternde Hände ängstlich erkunden.

Spürst Du keine Empfindung mehr,
Deine Zerbrechlichkeit, ich fühl sie nicht mehr.
Jetzt, da wir beide den gleichen Pfad gehen,
ich kenn Dich nicht mehr, möchte Hilfe erflehen.

Empfindest Du nichts beim Lustverkehr,
eine Last auf der Seele, die bedrückt so sehr.
Die Nächte entfliehen, von Eile getrieben;
Planeten erzürnt, sich bedrohend verschieben.

Hab ich die Zukunft Dir gestohlen,
Deinem Herzen wehgetan,
muss Liebe sich nun neu erholen;
erliege ich dem Geisteswahn?

Wolken entschweben in dunkles Geäst,
säuselnder Wind gibt mir den Rest.
Weltliche Grenzen, die Form versagen,
neue Gebote, vom Sturme getragen.

LDF

Lauschend den Worten, neuer Zeiten,
werde ich Dich ins Morgen geleiten.
In inniger Liebe wir die Augen verschließen,
nur lauschend und liebend nun Leben genießen.

Geschenkt ward mir ein neuer Sinn,
macht mich zu dem, was ich nun bin.
Genutzt hat es nichts, das ewige Flehen,
doch bin ich geheilt;
kann Liebe jetzt sehen.

Der Kent

- Sonnenfinsternis -

Die dunkle Ahnung ist nun wahrhaft gewiss,
so befällt mich im Herzen eine Sonnenfinsternis.
Vorm geistigen Auge dunkle Schatten zerstören,
schwarze Bilder erscheinen, die nicht mir gehören.

Mir erscheint mein Leben wie verzweigtes Geflecht,
meine Angst vor der Nacht, das ist nicht gerecht.

All diese Schmerzen, zerstörte Träume,
Labyrinth der Verzweiflung, nur verschlossene Räume.

Im Garten der Verwundbarkeit nun schwarze Früchte hängen,
die finstere Macht des Todes hält mich in ihren Fängen.

Das Licht, das ich doch so sehr liebe,
der Glanz hat einen Riss,
so mordet liebend Herzen:
die Sonnenfinsternis.

LDF

Der Kent

- Der Gedanke, der uns führe -

Schließe Deine Augen
reise in der Zeit
erschaffe neue Welten
mache Dich bereit

Atme neue Hoffnung
so innig tief und rein
lass die Flüsse fließen
tauche in Gedanken ein

Durchstreife in den Träumen
Länder voller Glück
packe ein wenig davon ein
und bring es mit zurück

Lass die Welt uns neu erleben
Fehler nicht begehen
sei es auch nur im Traume
lasst diese Welt entstehen

Ein Wunsch der völlig selbstlos ist
des Erden Antlitz streift
entspringt aus einem Herzen
das durch die Zeit gereift

Der Seele ich nun Freiheit schenke
flieg so hoch es geht
dann kehr zurück
berichte mir
wie´s um die Menschheit steht

Ich leite Hoffnung hin zum Licht
dies sei fortan mein Streben
damit der Kent und alle Menschen
die schönste Welt erleben

LDF

Der Kent
– Die Wiege der Welt –

Der wärmende Hauch des Lebens strömt fordernd
in die Stille der Dunkelheit.
Gedankenverloren irre ich durch den Nebel der Nacht,
nur umfangen von der Leichtigkeit des Seins.

Weich sind meine Schritte auf gefrorener Erde,
die Pracht eines sich ankündigenden Morgens
durchflutet Sinn und Geist.
Ein neuer Tag verkündet Glanz und Herrlichkeit.

So zart empfängt mein lauschendes Ohr
die Geräusche der Nacht und lässt Gedanken wandern.
Verschmolzen zur Einheit aus Besinnung und Empfänglichkeit
wird die Erde überzogen mit einer glitzernden Schicht
jungfräulichen Reifes.

Wie kleine Brillanten leuchten die Knospen der Hoffnung,
neu geboren bezeugt ein Sonnenstrahl,
die Chancen einer neuen Welt.
Nun verbinden sich alle Sterne
mit dem silbernen Band der Güte,
erschaffen ein starkes Netz zum Schutze unserer Erde.

Denn in der Wiege des Universums ruhen sanft behütet:
Die Träume einer ganzen Welt.

Der Kent
- Die sieben Sichelmonde -

Im fernen Land des Orients
ein Wunsch zum Himmel stieg
das war vor tausend Jahren
als die Welt noch schwieg

Zur Zeit von kühnen Träumen
Magie und Heldentum
als Gut und Böse kämpften
um Seelen ohne Ruhm

Erschienen eines klaren Nachts
nun sieben Sichelmonde
gewünscht von einem Erdenkind
das tief im Walde wohnte

Weist mit Erleuchtung uns den Weg
so war ihr zartes Flehen
im Glanz von sieben Sichelmonden
wir wahres Leuchten sehen

Den Glanz den uns die Welt geschenkt
der soll sich darin spiegeln
durch Sichelmonde lernten wir
Erkenntnis zu versiegeln

LDF

Der Kent

- Spektralfarben -

Der sanfte Regen kehrt nun wieder,
reinigt lächelnd diese Welt.
Leise plätschert Heilung nieder,
Erwartung sich dazu gesellt.

Ein Regenbogen frisch geboren,
kraftvoll durch die Wolken bricht,
erhellt mit Farben graue Poren,
schenkt durch die Sonne farbig Licht.

Wie ein Symbol des Wundersamen
verbindet er die Weltenenden,
nennt Schönheit nun beim wahren Namen,
um strahlend Botschaft auszusenden.

So zeigt die weise Himmelsbrücke,
durch farbig Antlitz uns den Weg,
sich nun die Welt mit Liebe schmücke,
beschreiten wir den Himmelssteg.

Zu neuen Ufern hin gesehnt,
schöpfen wir nun neuen Mut,
am Baum des Lebens angelehnt,
hab Dank Du göttlich Farbenflut.

Der Kent

- Lethargie -

Von heilender Dunkelheit abgeschottet
bin ich nun in Lethargie gefangen

In einer schwarzen Kugel aus Gleichgültigkeit und Schmerz
durchbricht kein Schimmer des Lichts
den Paravent der schmerzhaften Gedanken

Die schwarze Uhr - ohne Zeiger - tickt unaufhörlich weiter
der drohende Klang der Vergänglichkeit
klopft voller Warnung an die Ummantelung allen Irdischen

Schwarze Raben bauen Nester aus Hoffnungslosigkeit
in die Mitte meiner Seele
zeugen Junge aus Verdruss und Hass

So friste ich nun ein Dasein
im Kokon eines schleichenden Todes
der die Meere der Welt mit schwarzen Dornen bestückt

LDF

Der Kent
- Der letzte freie Gedanke -

Ein silbernes Licht erhellt den Himmel der Nacht:
Die Sternschnuppe eines freien Gedanken,
taucht ein in die Meere, verbreitet sich sacht,
bringt irdische Zwänge ins Wanken.

Der Gedanke entflieht der Realität,
befreit die Seelen der Welt,
erstürmt mit Kraft erzürnte Herzen,
die Weichen zur Hoffnung gestellt.

So wird ein Gedanke das Schicksal bestimmen,
der Erde ein Lachen schenken,
als Funke des Lebens neu erklimmen,
in Andacht der Freiheit gedenken.

Der Kent
- Der Paladin des Chronos -

Als Wanderprediger der alten Welt,
nehme ich die Reise wieder auf.
Geschultert den mattierten Ausdruck,
gefertigt aus den Augen einer wüsten Zeit.

Streue Vollendung wie Feenstaub
in die gestraften Gesichter einer längst verblassten Ära.
Als geistiger Vater der Tantalusqualen
empfange ich die Funken ihrer Hüter
aus verborgen Landesteilen.

Forme aus Urvertrauen und Zuneigung
ein Flugobjekt der Sympathie,
lass Wünsche tollkühn steigen.
Spanne eine Richtschnur
um die Schöpfung der Lieblichkeit.
Mit Willensstärke drehe ich
am lastend' Rad der Einheitszeit.

Der Kent
– Der Baum des Lebens –

Als ich den Baum des Lebens bestieg,
getrieben vom Schmerz der Jahre,
ich in Gedanken eisern schwieg,
die Liebe erfüllender Tage,
im Herzen ich bewahre.

Beim Anstieg durch dürres Lebensgeäst,
den eisernen Wunsch geschnürt,
die Freiheit mein Blut nun wallen lässt,
hat Sehnsucht mich hergeführt.

Steige nun höher, der Krone entgegen,
um das Leuchten des Lebens zu sehen,
kämpfe mich kühn und tapfer, schon fast verwegen,
nach oben, um klarer zu sehen.

Jetzt hab ich den Wipfel des Lebens erreicht,
die Luft so klar und frisch,
vom Anblick der Schönheit sich mein Herz erweicht,
locken Träume verführerisch.

So hab ich den Baum des Lebens erklommen,
die Ziele zum Guten verschoben,
vom Baum des Lebens das Glück bekommen,
zieh von dannen mit dem Haupte erhoben.

LDF

Der Kent
- Zeetra ` gefallener Engel -

Durch finstere Wolken wird gewahr,
der Engel ist gefallen,
ein schwarzer Mond zeigt drohende Gefahr;
im Gräberfeld versteckte Fallen.

Gefallener Engel, das Ende uns verkündet,
Vernichtung ins kalte Herz gebrannt,
ein alter Fluch die Nahrung wiederfindet,
Skelette auferstehen aus flammend' Sand.

Die Apokalypse; so steht es geschrieben,
das Ende soll bezeugen,
vernichtet Leben nach Belieben,
wird weltlich Regeln sich nicht beugen.

Der Engel Zeetra hat sich die Flügel verbrannt,
stürzt sterbend zur Erde herab,
Fluch des Lebens fliehend gebannt,
die Zeit der Menschheit wird knapp.

So bündelt ein Heer aus freien Seelen,
das Schild der Freiheit zu tragen,
wird schwere Schuld uns nicht mehr quälen,
der Menschen Glaube nicht versagen.

LDF

Gefallene Engel;
welch Namen sie auch tragen,
seid gewarnt, wir wehren uns,
nichts wollen mehr beklagen.

Ein Ende dieser schönen Welt
wird niemand akzeptieren,
bis aufs Blut nun kämpfen wir,
den Willen neu zentrieren.

Hände gefaltet, um neue Kraft zu ordern.
Gefallener Engel
höre uns zu:
Der Kampf wird Opfer fordern!

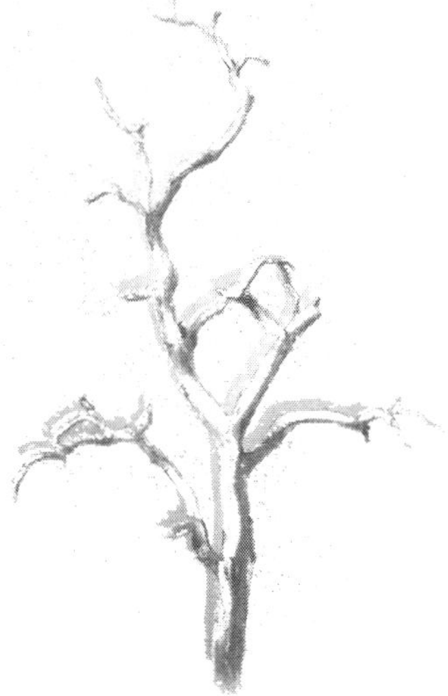

Der Kent
- Verlangen lässt mich Schmerz empfinden -

Sehnsuchtsvoll, so trifft mein Blick
am Horizont auf eine ferne Liebe.
Wie ein Albatros entschwebt
geliebte Sehnsucht in die Ferne.

Die Verletzbarkeit eines hoffnungsvollen,
liebenden Gedanken,
empfunden für den
schimmernden Engel meines Herzens.
Doch, die nicht erwiderte Liebe
ist der Dolchstoß in verletzbares Gedärm.

Seit einer Ewigkeit am Strande ich verweile,
die schmeichelnd Wellen locken.
Das starke Gefühl der Enttäuschung,
lässt in geteerter Trauer mich ertrinken.

Die Rettung scheint mir nicht mehr möglich,
zu groß ist der Verlust.
Das Herz; es wurde mir entrissen,
in heißen Flammen jäh verbrannt.

LDF

Geliebtes Wesen, kehre nun zurück zu mir,
erlöse mich von tiefem Schmerz.
Bin ich auch ein Mann, der einsam war,
so traf mich doch der Pfeil der unverhofften Liebe,
verwundet hat er mich, wie ich es nie gedacht.

Doch warten würde ich auf Dich,
Du schönste aller Blüten,
so harr ich aus, auch viele Jahr,
wenn auch nur ein Funke der Zuneigung,
zu mir herüberweht.

Erhörst Du nicht mein Sehnen, gar mein Flehen,
oh, Du kaltes Herz, hab doch Erbarmen.
Bis mein geliebtes Wesen wiederkehrt,
bekämpfe ich den Sturm der Unvernunft,
mit dem warmen Hauch der unverstandenen Liebe.

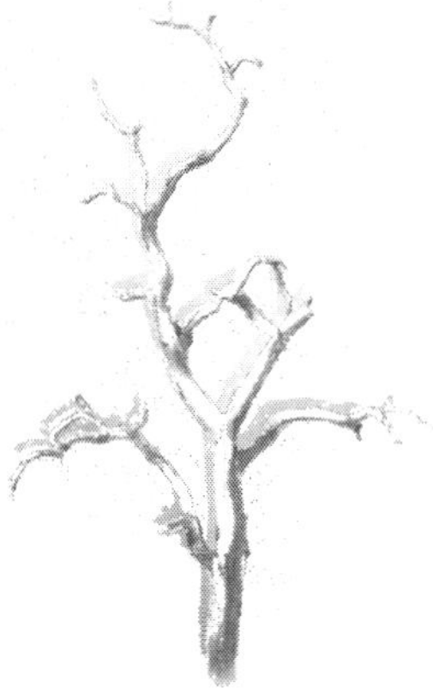

Der Kent

- Im Flug der Gezeiten -

Zurückgeführt aus tiefem Schlaf,
so strömt verwunschen Macht
durch totgeglaubte Glieder.

Am Horizont, die Jahreszeiten ziehen,
wie einst die Karawanen.
Voll Ebenmäßigkeit wird Zeit
dem Spiritus Erhabenheit verleihen.

Im Morgengrauen sich dann ergießt,
ein Wasserfall der Sinnlichkeit,
hinab ins Tal verschlingender Tristesse.

Geboren ist ein Zauberland
durch den Gezeitenflug.
Zerschellt ist der Kokon der Furcht,
gibt frei das Licht der Welt.

Auf dass der Nektar allen Lebens
die Kontinente nährt;
in Unerschöpflichkeit.

LDF

Der Kent
- Das Licht der Erkenntnis -

Gebündelte Strahlen der Erleuchtung
erreichen den Hafen der Wissbegierigkeit
zum Ziel getragen seichtes Wissen
durch brodelnde Wogen der Hoffnung
um anzuspülen den wahren Wert des Lebens

So stellt sich die Erkenntnis dar
die doch so unerreichbar schien
Gedanken sind verschachtelt
im Irrgarten der Vernunft
bietet sich ein Ausweg uns
im fernen Land der Träume

Dort wo die Realität in Furcht
sich mühsam neue Wege sucht
dort wird mein Herz verweilen
für alle Zeiten fern
schmerzendes Exil der Sehnsucht

Nun erfährt Bestimmung
wahrhaftige Gewissheit
Erhabenheit verspricht
erlösende Zufriedenheit
Freiheit kehrt zurück in meine Glieder
öffnet mir den Geist für alle Zeit

Triptychon

Ein leeres Blatt Papier
ist so wie ungeborenes Leben

***

Nur ein beschriebenes Blatt
ist ein gesundes Blatt
am leuchtenden Baum der Erkenntnis

***

Dem gesagten Wort
wird man folgen,
doch dem Geschriebenen
werden wir glauben!

***

(Der Kent)

Verlagswort

Wir freuen uns sehr, dass wir für einen unserer Autoren zum zweiten Mal den Traum vom eigenen Buch Wirklichkeit werden lassen konnten und bedanken uns erneut für das entgegengebrachte Vertrauen sowie das größte Gut eines Schreibenden – sein Manuskript, welcher Idee durch dieses Buch nun Leben eingehaucht wurde.

„Die sieben Epochen der Poesie“ ist ein Meisterwerk der Dichtung. Kunst am Wort im eigentlichen Sinn, als würde sich diese buchstäbliche Reise zum Zeitrad der Klassiker bewegen. Romantische Federn der Mystik und Poesie, die, wie Shakespeare, Rumi, Gibran, herausragende Worte der Literatur im Stile Hesses entführen, verführen, beleben, erquicken mit allen Sinnen der Wortkunst. „Das Leben wird geprägt von sieben Siegeln, die im Menschen sich widerspiegeln“, ist die wahre Kernaussage des Autors Falk Peter Scholz, der Ihnen den Federkiel reicht, um in die sieben Epochen der Poesie einzutauchen. Farbepochen, die die Gefühle und Emotionen wiedergeben und auch das Licht und den Schatten nicht außer Acht lassen. Güldene Wahrheiten, die sich im Stillen prophezeien, um das ewige Licht leuchten zu lassen – „Der Kent“ erhabene Zeilen, gefühlte Musenküsse, die so viel mehr sind, als Worte sagen könnten. Begeben Sie sich und schwelgen Sie im Kaleidoskop der Träume - öffnen Sie sich für die Erkenntnisse, die Ihr Innerstes offenbart.

Vielen Dank für den Erwerb von „Die sieben Epochen der Poesie“, und dass wir durch dieses Buch Ihr Leseinteresse wecken durften, auch im Namen des Autors Falk Peter Scholz. „Die sieben Epochen der Poesie“ - ist in gedruckter Form als Buch und als eBook erhältlich sowie als exklusives Buchunikat. Das Buch ist im Buchhandel unter der ISBN 978-3-940119-37-7 für 14,35 € zu beziehen - sowie beim Autor Falk Peter Scholz und beim Verlag art of arts.

Herausgebender Verlag

art of arts

www.artofarts.de - www.artofbookscollection.de

Verlagsprofil: Der junge virtuelle Verlag art of arts ist bisher wahrscheinlich der erste seiner Art im Forchheimer Raum. Ein Verlag übers Internet sozusagen, bei dem alles, angefangen von der Idee, über die Manuskripteinsendung sowie Buchherstellung, Autorenhilfe, Werbung und vieles mehr, mit dem elektronischen Weg sein Ziel findet. Gegründet wurde der Verlag art of arts im Jahr 2006, genaugenommen am 18. April. Bezug zu seiner Namensgebung liegt auch im Nachnamen des Verlagsinhabers Frederic Bartl. Was könnte zu einem multimedialen Unternehmen besser passen als den Begriff art, der gleichzusetzen ist mit Kunst an sich, in den Firmennamen zu integrieren. So wurde aus b.art.l der erste Baustein – und da es weitere Unterbereiche, die im Einzelnen auf der Verlagswebsite zu sehen sind, gibt – wurde als allumfassender Begriff einfach art of arts eingesetzt. Also Kunst der Künste, mit dem Schwerpunkt zur Literatur und Buchherstellung. Buchkunst eben – und dies im wahrsten Sinne des Wortes.

Die Werke des Verlages heben sich in gewisser Weise von denen im gewöhnlich verstandenen Sinne des Buches gestalterisch ab. Buchprojekte werden individuell, in liebevoller Designarbeit erstellt und im Buchblock verschieden gestaltet. So wird der jeweilige Schriftfont dem Genre des Inhalts und des Buchthemas entsprechend ausgewählt. Kleine Details werden zur Untermalung eingebaut, sodass der jeweilige Autor eines Buches oder einer Anthologie wie in einem eigenen kleinen Buchwerk integriert ist. Die Covergestaltung ist dementsprechend angepasst, auch in der Farbgebung, an den jeweiligen Buchinhalt und das Thema. Designarbeiten werden von Silvia J.B. Bartl erstellt, die selbst Autorin mehrerer Bücher ist und im Verlag art of arts die ehrenamtliche Geschäftsführung darstellt. Sie gab auch die Idee und den Grundstock der art of books collection, die eine Initiative zur Kulturförderung Literatur darstellt. Die Collection des Verlages wird bis zum Jahr 2012 geplant und beinhaltet 13 Buch-Anthologien und voraussichtlich 7 Sonderbände. In diesen Gemeinschaftsprojekten bietet sich für jeden, der gern schreibt, die Möglichkeit zur Veröffentlichung. Ganz egal, ob der jeweilige Autor zum ersten Mal dadurch an die Öffentlichkeit tritt, oder ob er schon zu den „alten Hasen des Schreibens“ gehört. Bei der art of books collection können einzelne Buchseiten erworben werden, wobei eine Buchseite incl. Buch für jeden Teilnehmer kostenfrei ist oder Sonderkonditionen vereinbart werden. Schüler, Senioren und Behinderte erhalten einen besonderen Rabatt auf alle Buchpreise. Weiterhin bietet der Verlag bei allen Projekten Schreibwettbewerbe an, sodass jeder in den Genuss einer Veröffentlichung kommen kann – und zwar zu einer besonders günstigen Teilnahmegebühr. Infos finden sich auch auf den jeweiligen Buchwebsites.

Die Schriftsteller der bisher veröffentlichen Anthologien und Bücher sind meist aus Deutschland, aber auch aus Österreich und der Schweiz, ja sogar aus Amerika und Russland befinden sich einige darunter. Die Altersspanne ist sehr variabel, und von jung bis alt finden sich hier alle Altersgruppen mit individuellen Schreibstilen. Und das ist wieder eine Besonderheit zur Buchkunst, sich tolerant gegenüber dem Einzelnen zu zeigen. So unterschiedlich auch die einzelnen Teilnehmer der Anthologien auch erscheinen mögen, prägt sie jedoch ein Gesamtbild, und zwar die Sichtweise desjenigen zum jeweiligen Thema des Buches. „Die Gedanken sind frei ...“, heißt es so schön, wobei man bei art of arts vielleicht auch den Ausdruck des Wortes einsetzen könnte. Denn Wortkunst ist es hier, die durch jeden Einzelnen zum Tragen kommt, um dadurch ein Buch zu sein. Alle Buchproduktionen werden vom Verlag in gedruckter Form und als eBook mit jeweiliger ISBN herausgegeben und können somit über den Buchhandel bezogen werden. Selbstverständlich sind sie auch von den beteiligten Autoren zu erwerben oder in den Buchshops des Verlages.

Unser Motto lautet ... schreibst du schon oder liest du noch? Jeder, der gerne schreibt, könnte dies als Aufruf zu einer Veröffentlichung nutzen und am jeweiligen Wunschprojekt teilnehmen. Werden auch Sie ein Teil des Buches als unser/e Autor/in. Nicht nur Anthologien werden vom Verlag produziert, sondern auch Ihr Traum vom eigenen Buch könnte somit Realität werden. Wir wollen, dass sich Ihr Manuskript wohlfühlt, und bieten Ihren Buchstaben ein liebevolles zuhause.
art of arts ... wir hauchen Ideen Leben ein! – since 2006. Fordern Sie uns und entdecken Sie die Möglichkeiten – wir kreieren, produzieren, verlegen und mehr, schnell und preisgünstig, auch in kleinen Mengen – Bucherstauflage nach Autorenwunsch und exklusive Buchunikate.

Verlagsbuchprogramm – Bücher & eBooks

bisher erschienen seit 2006 bis 2010

Bücher der art of books collection

art of words - Band 1	Buch	eBook
art of mind - Band 2	Buch	eBook
art of heart - Band 3	Buch	eBook
art of mystery - Band 4	Buch	eBook
art of man – Band 5	Buch	eBook
art of women – Band 6	Buch	eBook
art of poetry – Band 7	Buch	eBook
art of xmas – Band 8	Buch	eBook
art of erotica – SoBand 1	Buch	eBook
art of crime – SoBand 2	Buch	eBook

Bücher einzelner Autoren / Autorinnen

Das Zauberwort DAS	Buch	eBook
Die wahnw. megast. Geschenkefibel		eBook
Ohnemilch / Agent 0815	Buch	eBook
Perfekt – Defekt		eBook
Unglaubliches unter uns	Buch	eBook
GPS-Millionenjagd	Buch	eBook
ourStory	Buch	eBook
geDANKE ...be your reality	Buch	eBook
Erdennebel in eisblau	Buch	eBook
ourStory2	Buch	eBook
Die Rose des Todes	Buch	eBook
Impulse	Buch	eBook
Wechselhaft heiter bis wolkig	Buch	eBook
Unselbst		eBook
Alltägliches Allerlei	Buch	eBook
Prophetische Spiritualitäten	Buch	eBook
Im Eifer des Geschlechts	Buch	eBook

Der Stein der Elemente	Buch	eBook
Die Schlange des Regenbogens	Buch / Hardcover	eBook
Blutige Leckerbissen	Buch	eBook
60 Jahre. Der private Schnüffler	Buch	eBook
222 Gedichte	Buch	eBook
Hommage	Buch	eBook
Die (un)Erträglichkeit des Seins	Buchunikat	eBook
6 vor 12	Buch / Buchunikat	eBook
Streiflichter	Buch / Buchunikat	eBook
Die sieben Epochen der Poesie	Buch / Buchunikat	eBook

Lebens-Quelle Energyflow Pad 2er Set - Wortschwingung Danke
Munchyboyz Audio CD

„Die sieben Epochen der Poesie"
ist auch als elektronisches Buch – eBook sowie als exklusives Buchunikat im Farbdruck erschienen
eBook-Preis 7,95 € / Buchunikat-Preis 43,95 €

eBook im pdf-Format zum Sofortlesen am Computer oder auf mobilen Geräten. Buchunikat in edler Hardcoverausführung, vollfarbig, Hochglanz

… das gedruckte Werk besteht aus 208 Seiten, 17.899 Wörtern, 111.433 Zeichen
Die sieben Epochen der Poesie - von Falk Peter Scholz, der seine Worte durch dieses Buch der Öffentlichkeit präsentiert.

Beitrag gemäß der neuen Deutschen Rechtschreibung. Für Druckfehler keine Haftung.